過去から来た女

赤川次郎

角川文庫
23458

目次

1　帰郷

「時間だぜ」

欠伸しながら、駅長の金子が言った。

「はい」

今年から駅員の見習をしている庄司鉄男は、改札口の方へ、ぶらぶらと歩いて行った。

どうせ、降りる客なんて、いやしないのだが。

それでも一応は改札口に立たなくてはならないのが決りである。まず決りを憶えるのが、大人になる第一歩なのだ。

「おい、鉄、ちゃんと帽子かぶれ！」

と駅長は口やかましく言って、それから、あわてて列車の来る方へと顔を向けた。

欠伸するところを見られないように、である。だが、実際は心配することはなかったのだ。庄司鉄男の方も欠伸をしていたからである。

しかし、眠くなるのも当然という感じの、小春日和だった。

風もない、暖かな日。空は、都会では見られない青さで、輝いていた。

赤字国鉄の中で、なぜか廃線にならずに済んでいるこの路線の駅は、元来なら、無人駅で充分だった。ただ、あまりに小さすぎて、目につかなかったのかもしれない。ホームは、気を付けて見なければ見落としてしまいそうな、ただの、のっぺりとした台に過ぎない。

金子駅長は、懐中時計を見て、肯いた。――ほぼ正確にやって来る。

列車を待つ者もなければ、降りる者もほとんどなかった。

駅長は、この両隣の駅長も兼ねているが、いつもは、この真中の駅にいた。

レールを伝って、列車の震動が聞こえて来る。――この駅の手前はトンネルで、そこに列車が入る、ゴーッという音がしてから、ホームへ出て来ても、充分に間に合う。

今日は、しかし、陽を浴びていたいような気候なのだった。

駅長はエヘンと咳払いした。もちろん、ここにはアナウンスの設備はない。大声を張り上げなければいけないのである。

しかし、それには、この駅の名前は、不適当であった。――この駅、名前を「でん」という。〈田〉一文字である。

どんなにいい声でも、

「でん！」

とやって、大向うを唸らすわけにはいかない。

まあ仕方ない。駅長が勝手に駅の名前を変えるわけにもいかないのである。

列車がトンネルへ入った。ゴーッという響きがする。駅長は帽子をかぶり直した。

列車は、スピードを落として、ホームから車体をはみ出させて停止した。

「でん！――でん！」

とやると、必ず、乗っている子供が笑うのである。

昔は、駅長もそれが気になって仕方なかったものだが、最近は悟りの境地にあるのだ。

さて、今日も別に降りる客は……。

若い女性が一人、ホームに降り立った。

ボストンバッグを手に、肩からはちょっと洒落たバッグを下げている。

ワインカラーのスーツのせいで少し落ち着いて見えるが、まだ若そうだった。駅長は、その女性が、改札口の方へと歩いて来るので、面食らった。

「今日は」

と、その女性は言った。

「どうも。――ここで降りられるんですか」

「ええ。だって、ここは『でん』でしょ」

と、彼女は言った。

駅長はちょっと驚いた。田村の人間は、この駅の名を呼ぶのに、ちょっと独特のアクセントをつける。今、彼女がその言い方で言ったのが、それだった。

金子駅長は、その娘の顔を眺めた。

二十五、六というところだろうか。いかにも洗練されて、都会的な美人である。

「ここにお知り合いでも？」

と、駅長は言った。

「ええ」

娘は肯いて、微笑んだ。「大勢います」

「はあ……」

「じゃ、切符を——あら」

と改札口の庄司鉄男に気付いて、「あっちで渡しますわ」

と歩いて行った。

鉄男は、列車が来たときは目が覚めていたのに、この一、二分の間についウトウトしていた。

娘は、鉄男の前に切符を置いて、歩いて行こうとしたが、ふと足を止めて振り返った。

「まあ……鉄男君ね！」

鉄男は目を開いて、彼女を見ると、あわてて頭を振った。

「鉄男君ね？　そうでしょ！」

「ええ……庄司鉄男ですけど」

「やっぱり」

娘は息をついて、「もうこんなに……」

と呟いた。

「あの……」

「じゃ、またね」

娘は、舗装もされていない、田舎道をさっさと歩き出した。

「――おい、鉄男」

と、駅長は、居眠りを叱るのも忘れて、「今の女――知ってるのか？」

「いや……分んねえな」

鉄男は首をかしげた。

「村へ行くぞ」

「何の用かな」

「俺が知るか」

と金子駅長は言った。「あんな子、ちょっと見憶えがないぞ」

「俺も……」

「――こら、駅長にその口のきき方があるか！」

「すんません」

鉄男は頭をかいた。

村の目抜き通りは、奥さんたちの立ち話の輪や、かけ回る子供たちで、にぎやかだった。

いくらか、家が新しくなり——つまり建て直したり、手を入れた所がだが——また、古ぼけていた。

しかし、そんな変化は、東京で、真新しいビルが一年もたつと薄汚れて来るのとは、比較にならぬ、小さなものだった。

通りを歩いて行くと、誰もが、彼女の方を見た。

世間話に夢中だった奥さんたちも、ピタリと話をやめて、見慣れぬ旅人を見送った。

「——誰だね、あれ？」

「さあ……」

「村のもんに、あんな親類がいたかね」

「さあ、法事でも見たことないけど……」

「何かの売り込みじゃないの？」

と、用心深い一人が言った。

「そうかもしれんね。用心した方がいいよ」

「でも何を売るのさ？」

「変ってないな」

と、その娘は呟いた。

「化粧品か何か……」

「もしかすると保険の外交員かも……」

「そうねえ」

「ああいうのは口だけ巧いんだよ。この前もうちの弟が、ほら大阪に行ってるんだけど――」

話は、あの娘からそれて行った。

彼女は、村の外れに向って、歩き続けていた。

家は、かなり村の外へ外へと、建ち並んでいる。

その中に、戸を打ちつけて、完全に廃屋になっている家があった。その前で、彼女は、足を止めた。

意外そうな表情――そして、ちょっと寂しげな顔になって、その古ぼけた家を眺める。

最近建ったらしい隣の家は、小さな、都会でよく見る建売住宅風の造りだった。

そこの主婦らしい、小太りな女が出て来ると、玄関先を掃き始めた。

娘は、その主婦の顔をじっと見ていた。

「――何か用ですか？」

と主婦が顔を上げる。

一方は、洒落たスーツ姿、もう一方はエプロンをして、髪もボサボサと来ては、比較にはならないが、よく見ると、同じくらいの年齢であることが分る。

「あの――失礼ですけど――」

「はい？」

「この家の方は……」

と、廃屋の方を指す。

「ここの人？――亡くなったんですよ」

「亡くなった？」

「ええ、そう」

あまり話したくないようだった。娘は何か言いかけたが、また口をつぐんだ。

「どうもありがとう」

「いいえ」

と、主婦の方が、また掃除を始める。

「百代さん」

と、その娘が言った。

「え？」

主婦が顔を上げる。

「またいずれ」

娘はちょっと頭を下げて、歩き出した。

百代と呼ばれた主婦の方は、キョトンとして、その後姿を見送っていた。

「どこかで……」

と首をかしげていると、

「母ちゃん！　何かおやつ！」

と、男の子が駆けて来て叫んだ。

「うるさいね！　食い意地の張った子だ、全く！」

杉山百代は、イライラと怒鳴った……。

――村を出ると、道は一本で、畑の間を、うねるように縫って行く。

山に囲まれた、手狭な土地だが、ぎりぎり一杯まで、畑になっていた。

古びた、立派な屋敷があった。白壁の塀が、真夏のように白く光っている。

娘は、その開け放った門の前で、足を止め、ちょっとためらっていたが、やがて思い切ったように、中へと入って行った……。

玄関に、自転車が置いてある。

警察用のもので、ずいぶん古い。

彼女は、二階建の家の周囲を、ゆっくりと回って行った。

庭へ面した縁側に、警官が腰をおろしてお茶をすすっている。

「まあ、若い内は、多少のことは仕方ないじゃないかと言ったんですが、親父さんはカッカ来て、聞いちゃくれんのですよ。全く困ったもんで、あの石頭にも……」

座って話を聞いているのは、五十歳前後と見える上品な顔だちの婦人で、着物姿で座布団に端然と座った姿は、いかにも血筋の良さを感じさせた。

――しばらく、木の陰からその様子を見ていた娘は、やがて、ちょっと息をついて、歩いて行った。

「いや、この先が思いやられます。私はもうそう長くないからいいが――」

警官が言葉を切って、その娘を眺めた。婦人が、ちょっと目をしばたたいた。

娘は足を止め、真直ぐに立った。

「お母さん」

と彼女は言った。「ただいま帰りました」

そして、頭を下げた。

2　埋れた時間

常石公江は、驚いた様子も見せなかった。

「お帰り」

と、ただ肯いて、微笑んだ。

「それじゃ……文江さんですか！」

警官の方は、仰天した様子で、茶碗を手にしたまま、座っている。

「文江です」

と娘は言った。「長いこと、ご心配かけてすみません」

「いや……これは……大変だ！」

「白木さん」

と、常石公江が言った。「私が申したでしょう。文江は必ず生きている、と」

「お母さん。――上ってもいい？」

「ええ、お前の家だもの」

「入れてくれないかと思ったの」

と、文江は微笑んだ。

「そんな、TVドラマに出て来るような母親とは違うわよ」

と公江は言った。「――お父さんは亡くなりましたよ」

「知ってるわ」

と文江は肯いた。「この地域の新聞を、よく読んでたのよ。まだ、あのときは、とても帰れる状態じゃなくって」

「いいからお上り。――白木さん、あなたも」

「はあ……」

白木巡査は、まだ狐につままれたような顔で、上り込む。

「白木さん、大分、髪が白くなったわね」

と、文江が言った。

「もう七年ですからな。――しかし、どこにおられたんですか?」

「東京です。一生懸命、働いていました」

「なるほど……」

長年、ここで働いている、うめが奥から出て来た。

「奥様、お風呂場の――」

と言いかけて文江を見る。

「ただいま、うめ」

「――お嬢様!」

「文江、あんまりうめをびっくりさせないで。最近すぐ腰を抜かすんだから。――ほらね」

と公江は言って、座り込んでしまったうめに笑いかけた。

父の遺影に手を合せた後、文江は、母の前に座った。

「――お前が帰って来てくれたのは嬉しいけれど」

と、公江は言った。「お前がいなくなった後のことを、知らないんでしょう?」

「後のこと?」

「そう。——恐ろしいことが起ったんですよ」

公江はそう言って、息をついた。

「恐ろしいことって?」

「お前は黙って出て行ってしまったろう。私はお前の気持も分っていたし、お前が自殺なんかする娘ではないと知っていましたからね、生きていると信じていたけれど、村の人たちは、お前が死んだと思っているのよ」

「なぜ?」

——白木巡査が言った。

「しかも、あなたは殺されたもんだと思っとったんです」

「殺された?」

文江は呆気に取られていた。「私がどうして……」

「さあ——今となっては、不思議な気がしますが」

白木巡査はため息と共に言った。「なぜかあのときは、そんなことになってしまったんですわ」

「恐ろしいこと、っておっしゃいましたね」

と、文江は言った。「それは、どういう意味ですか」

「はあ……」

白木は困ったように、かなり薄くなりかけた頭をさわって、公江の方を見た。

「お嬢様」

やっと落ち着いた様子のうめが、お茶を運んで来た。「相変らず濃いお茶をお好みなんでございますか？」

「そうでもないわ。貧乏暮しをして、お茶の葉が買えなかったこともあるから、いつも薄くして飲んでたのよ」

「まあ！」

と、うめは呆れたように、「そう言って下されば、お持ちしましたのに」

と言った。

公江が苦笑して、

「何を言ってるの。――文江、お腹は空いていないの？」

「ええ、大丈夫」

「本当にねえ」

と、うめが独り言のように言った。「お嬢様はてっきり坂東のところの息子に殺されなさったと思っていましたよ」

公江と白木が目を見交わした。

文江は、うめの顔を見つめた。

「坂東って……坂東和也さんのこと？」

「はい。ご存知なかったんですか？」

「和也さんが——私を殺したって？」

文江は、ゆっくりと言って、「どうしてそんなことを……」

「色々とあったんですよ」

と白木が言った。

「そういえば、途中で見たけど、坂東さんの家は閉ってしまっていたわね。どこへ行ったの？」

「分らないのよ」

と公江は言った。「ご両親は、黙って村を出て行ってしまった……」

「そりゃ無理ありませんよ」

と、うめが口を挟んだ。「息子が人殺しと言われて、首をくってしまったんじゃ、村にはいられませんよ」

「うめ。あなたは退がっていなさい」

「はいはい。では、今夜は久しぶりにお嬢様の好物でも作らせていただきましょうかね」

と、うめが退がって行く。

「——文江。大丈夫？」

「ええ……」

文江は額に手を当てて、目を閉じていたが、やがて、大きく息を吐き出した。「本当なの？　和也さんが……」

「事実です」

と白木が言った。「本当に悲劇でしたな、あれは」

「どうしてそんなことに？」

と文江は、母と白木を交互に見ながら言った。

「待ちなさい」

と公江は抑えて、「あの朝のことから、順を追って話さなくてはならないわね。――お前がここを出たのは、何時頃だったの？」

「三時だったわ。――一時過ぎまでは、起きている家もあるし、四時になると起き出す人がいる。だから三時にここを出たの」

「それからどっちへ向ったの？」

「駅へ行けば、人目につくに決ってるし、列車に乗るわけにはいかない。知ってる人が大勢いるはずですものね。だから、逆に、山の方へ歩いて行ったのよ」

「しかし、凄い早足でしたな」

と白木が言った。「山越えには、半日かかるでしょう。向うの町には、もう、朝の内に連絡が行っとって、山からの道を見張っていてくれたはずでしたが」

「運が良かったんです」

と文江は言った。「山へ上る前に、車が一台、村の方から走って来たの。東京の人で、家族で旅行していたんだけど、道に迷ってこんな所へ入りこんでしまったのね。で、私を見て道を訊いてきたんです」

「で、乗せてもらったんですか」

「ええ。男一人の車なら乗りませんけど、あちらは親子連れでしたから。車はUターンして駅の方へ戻り、旧道と川の土手を抜けて、国道へ出たんです」

「それで東京まで？」

と、公江が訊いた。

「そうなの。ともかく、新宿の駅のところで降ろしてもらったわ。おかげで、列車代が助かって、二、三日は食べていられたの」

「呆れたものね。十九歳の身で、よくそんなことを……」

と公江は言ったが、怒っている様子ではなかった。

「でも、お母さんに恥ずかしいようなことは、どんなに苦しくてもやらなかったわ。額に汗して働いて」

「そうね。まだ訊いてなかったけど、お前、まだ独りなの？」

「そりゃそうよ。恋人ぐらいはいるけれど」

「子供もいないのね」

「今のところは。そんなことより――」

「お待ちなさい。どう話したらいいかと思って考えているのよ」

公江は、ちょっと視線を宙にさまよわせて、考えている様子だった……。

「最初にお前がいないことに気が付いたのは、うめだったわ」

3 失踪

何かが起った。

公江には、うめの足音で、すぐにそれが分っていた。

よほどのことでなければ、うめはあんな走り方をしない。

「奥様！」

襖の向うから声がかかったときには、もう公江は布団に起き上っていた。

「どうしたの？」

襖がガラリと開く。うめが、ハアハア息を切らしている。

「お嬢様が——いらっしゃいません」

と、切れ切れの言葉で言った。

「いないの？——じゃ、どこかへ出かけたんでしょう」

「それが——お部屋の中が——ともかく、ご覧になって下さい」

文江の部屋へ行ってみて、なるほど、うめが取り乱すのも当り前だと思った。押入れや洋服ダンスが、開け放してある。中の物が床に散乱していた。

「——持って行った服もあるようね」

公江は、ちゃんと何と何が失くなっているか、見定めていた。「冬物ばかりだわ。うめ、そこの上の戸袋を開けて」

「はい！」

「——ボストンバッグがあるでしょう」

「ございませんよ」

「そう。じゃ、やはり、出て行ったんだわ」

「ど、どうします、奥様？」

「落ち着いて。——何時頃出て行ったのかしら」

「私は五時には起き出しておりました。——お嬢様が出て行かれれば分ったと思いますけどね」

「ともかく夜の内ね。今から追いかけて間に合うかどうか……。今、何時？」

「六時半でございます」

「じゃ、白木さんへ電話をして。駅にも一応連絡してもらうように」

「はあ。でも……」

と、うめはためらっている。

「どうしたの？」

「内々に済ませた方が、よくはございませんか？　私が駅まで——」

「むだよ」

と、公江は遮った。「お前が走り回れば、村の人には何か起ったと、すぐに分ります。どうせ同じことよ」

「さようで」

「お前一人で、いろいろな場所を見張るわけにいかないんですからね」

「旦那様には……」

「今日はどちらだったかしら」

夫は、商用で出かけていた。二、三日は戻らない予定である。

「今夜は大阪にお泊りの予定でございましたが」

「いつもの宿ね。分りました。私から電話しておくわ。それにしても、ただいなくなっただけでは、連絡の取りようもないから、まず白木さんへ電話しておくれ」

「かしこまりました」

うめが、今度は素直に出て行った。

公江は部屋の中を見回した。——どこか引っかかるものがあった。

文江が、この家を出て行きたがっていたことは事実である。公江としては、無理はないと思っていた。

十九歳で、こんな所の、ろくに顔も知らない男と結婚させられるのでは、かなうまい。

しかし、文江は一人娘、一人っ子である。夫としては、婿を取らなければ、この常石の家が絶えることになってしまうから、仕方のないことであった。どっちの気持も、良く分っていた。

実のところ、文江が出て行ったと知っても、さほど驚かなかったのは、多少、それを予測していたせいもあっただろう。

それにしても、どうにも引っかかるのが、部屋の中の乱雑さだった。

文江は、若いなりに、少々面倒くさがりやではあったが、部屋を片付けておくのは、ほとんど習慣のようになっていた。

当人の気が済まないのである。――いくら出て行くからといって、こんなに乱雑にしておくものだろうか？

ふと思い付いて、公江は、文江の机の上を見た。

置き手紙のようなものがないかと思ったのだ。――しかし、それらしいものは、机の上にも、引出しの中にもなかった。

どうもおかしい、と公江は思った。文江は、必ず何か残して行くはずだ。

娘の性格は良く飲み込んでいる。公江には、文江が出て行ったことよりも、そのことの方が、気にかかってならなかった。

その朝早く、吉成百代が、家の使いで、村を出ていた。

百代は、文江と同じ十九歳で、小太りな、人のいい娘である。文江の数少ない友だちの一人だった。

文江は何といっても、この辺では名士の一人娘であり、学校でも、何となくみんなに敬遠されることが多かった。百代は、文江と幼い頃からよく一緒に遊んでもいたので、長いつきあいが今も続いていたのである。

「おお寒い」

百代は、山の方へと向いながら、思わず呟いた。

よく晴れていたが、寒さは厳しい。風がないのが幸いだった。

毛糸の手袋をはめていても、指先はかじかんで来た。

「この寒いのに、もう――」

と、ついグチが出る。

山を越えて、向うの町まで出なくてはならない。列車やバスを乗りついでも、行けないことはないのだが、えらく遠回りであり、お金もかかる。

時間は同じぐらいかかるが、交通費が浮いた分だけは、百代がもらえるということになっていた。

だからこそ、百代も朝から張り切って、出かけて来たのである。

それにしても冷い朝だ。――町で用を済ませたら、何か熱いものを食べて帰ろう。おでんがいいかな。

そんなことを考えながら、百代は山道を上り始めた。

山の中腹を、ぐるっと巻いているこの道は、少し上って行くと、後は平坦である。だからそうきついことはなく、ただ、右へ左へ曲りくねっていて、かなり距離があるのだった。

とはいえ、百代にしろ文江にしろ、子供のころから、よく通った道で、危険はなかった。

上りを越すと、後は平らな道が、だらだらと続く。――つい、気がせいて、足が早まる。

フウッ、と息をついて立ち止ったのは、三分の一ほどの辺りだったろうか。

山の上から流れて来る小さな川が、ここで、ちょっとした滝を作っている。古い木の橋がかかっていた。

さて、もう一息、と歩きながら、百代は、橋から下を見下ろした。

滝の下が、ちょっとした河原になっていて、夏にはよく裸で水遊びをするのである。

そこに、誰かがいた。流れのへりにかがみ込んで、何かやっている。

この寒いのに。――誰だろう？

百代が見ていると、その男は、立ち上って手を振って水を切った。

「何だ、和ちゃんか」

と声に出して言ったが、滝の音で、聞こえなかったらしい。

坂東和也といって、文江や百代たちと、同級だった男の子である。

文江や百代とも、よく一緒に遊んだ仲で、男女の仲というより、兄妹のような感じであった。

この寒いときに、冷たい水で、何してるんだろう？

百代がいぶかしく思ったのは当然だったろう。

何か銀色に光るものが見えた。包丁か何か——ともかく刃物のようだった。

和也は、それを傍へ置くと、今度は手拭いらしいものを、川の水に浸して、洗い始めた。

百代はいささか近眼なので、はっきりとは分らなかったが、何だか手拭いが赤く——血でもついているように見えた。

けがでもしたのだろうか？　しかし、それにしては元気そうで、たとえけがをしているとしても、大したことはないのだろう。

えらく必死になってゴシゴシと洗っているが、一向に汚れは落ちないようで、和也も、その内に諦めたらしい。

今度は、その手拭いを、引き裂き始めた。できるだけ細かく裂くと、川へ流してやる。

百代はポカンとそれを眺めていたが、

「あ、いけない、急がんと」

と肩をすくめて、歩き出していた。

そのとき、何か物音でも耳に入ったのか、和也が橋の方を見上げたのである。百代は手を振ろうとしたが——やめてしまった。

キッと百代をにらんだその目つきは、見たこともない、恐ろしいものだった。

百代はあわてて歩き出した。いや、歩いているつもりだったが、いつの間にか走り出していた……。


「——一応、手配は全部、済ませました」

と、白木巡査が言った。

「お手数をかけて申し訳ありません」

と、公江が言うと、白木はあわてて、

「いいや、とんでもない」

と、手を振って、「これが本官の任務ですからな」

と言った。

常石家の玄関先である。

「──しかし、お嬢さんも、ずいぶん思い切ったことをされましたな」

と白木は言った。

「ええ……。しっかり者ですから、心配はしていませんが、でも、それだけに一人で暮そうと考えるのですから」

「良し悪しですな、何事も」

「本当に」

公江は、少しも動揺を見せていなかった。この村の名士夫人としての風格が、その動じない表情の中に現れていた。

「ご主人には……」

「今、出先で連絡が取れませんの、今夜にでも知らせます」

「それまでに何とかしないと、どやされそうですな、ご主人に」

と、白木は表情を緩めた。

「──では、何か分ったら、お電話をいただいて」

「もちろん、そうしましょう」

白木は立ち上って敬礼した。「失礼します!」

──よくもまあ、ああして落ち着いていられるもんだ、と白木巡査は外へ出ると、呟いた。

一人娘の家出である。もっとオロオロとあわてふためくのが普通ではないか。やはり、名士ともなると、心構えが違うのかもしれない……。

白木は、感心しながら歩いていて、ハッとした。自転車を、置いて来てしまったのだ。

白木はあわてて、常石家の門の方へと駆け戻って行った。

――白木は、文江は遠からず帰って来る、と考えていた。

何といっても、良家のお嬢さんである。家出といっても、ちょっとたてば心細くなって戻って来るだろう、と思っていたのだ。

駅への手配も、一番列車に間に合ったし、いくら何でも、田駅から乗るとは思えないので、近くの駅にも全部連絡した。

その他、バスや、駅前の交番、駐在所へも連絡は行っている。

残るは山道だけだったが、たとえあそこを越えても、町に出て、そこからはバスか列車しかない。

そこにも連絡はつけてある。山道は一本だし、どこか他へ出るというわけにはいかないのである。

これで見付からないはずがない。――白木は、のんびりと構えていた。

ところが、その夜までに、情報は二つ、三つ入ったものの、どれも人違いで、それ以後の手がかりは、パッタリ途絶えてしまった……。

次の日、常石勇造が、急いで大阪から戻って来た。

「――お帰りなさいませ」

と、公江が迎えると、

「どうだ？」

と玄関に立ったままで訊く。

「今のところ、何も……」

と公江が答えると、

「白木の奴、何をしとる！」

と吐き捨てるように言って、「行って来るぞ」

そのまま村へと出て行ってしまった。

白木巡査は、常石の質問に汗をふきふき応対した。

「この通り、精一杯の手は打ったんでございますが……」

「ふむ。——しかし、娘も馬鹿ではない。その辺が手配されることは良く承知しているはずだ」

「はあ、それはまあ……」

「村のどこかに隠れているとは考えられんか」

「村の中にですか？」

白木は目を丸くした。

「分らんぞ。みんなが諦めるまで、待つつもりかもしれん」

「しかし——どこに」

「その気になれば、この辺りは、人のいない小屋とか、その類の場所はいくらでもある。そこを当ってみてはどうかな」

常石の言葉には、白木としては逆らうことなど思いもよらない。

「はあ……。しかし、それにはかなりの人手も……」

「手当は出す。村の若いのを集めて、やってみてくれ」

「は、はい！」

白木は早速、実行に移った。

七人の若者たちが集まって、村の中の捜索が始まった。

しかし、物置小屋や、人の隠れていられそうな所には、文江の姿は見当らなかった。

常石は、山道を調べるようにと言い出した。山道の途中で、一晩や二晩なら、寒さをしのいでいることもできる、というのだ。

しかし、昼間はともかく、夜中や明け方の寒さは並大抵のものではない。

そんなことはあるはずがない、と白木も思ったが、ともかく、常石の気が済まないというのでは仕方なかった。

その次の日、今度は大人たちも含めて、十五人の村人が、山道から、そのわきへ入った一帯を調べ始めた。

しかし、これは大変な仕事である。夕方近くになって、ようやく、あの橋の辺りまでやって来た。

白木は、いい加減ばて気味で、馬鹿らしくなり始めていた。

いくら常石の希望でも、こんなむだなことをやっても……。

それに、村人には手当が出ているが、まさか白木が警官の身で手当をもらうわけにはいかない。白木の疲れは、それが一因でもあった。

「やれやれ……」

白木が、立ち止って息を弾ませていると、

「白木さん!」

と呼ぶ声がした。

上の方である。

「何だ!」

と怒鳴り返す。

「ちょっと来て下さいよ!」

上って行くのか。——白木はため息をついた。仕方ない。

息を切らしながら、やっとの思いで上ってみると、ちょっとした草地になっている所で、三、四人が集まっていた。

「何だね?」

「これを見て下さい」

「何かを燃やしたらしいな」

焼けこげた灰が、草を汚している。

燃え残ったらしい白い布を、白木はつまみ上げた。

「服の切れ端かな」

「ワイシャツかブラウスじゃねえのか」

と一人が言った。

「どうして分る」

「生地の感じがさ」

なるほど、そう言われてみると、そんな手触りである。

「ふーん。どうしたんだろう？」

「下にも何かあるぜ」

ともう一人が言った。

灰の下を探ってみると、また燃えさしの、布が出て来た。

そこへ来て、白木の顔がこわばった。疲れも一度に吹っ飛んだ。

今度は少し厚手の、水色の生地だったが、その半分近くまで、明らかに血と思える、赤茶けたしみが広がっていたからだ。

「——こいつは大変なことになった」

白木は布を置いて、立ち上った。「おい、誰か、村へ戻って、駐在所から電話をかけてくれないか」

……。

「何事だね」

「いや……まだ分らんが、こいつは、ただごとじゃないかもしれん」

白木は、額の汗を拭った。その汗は、ここまで上って来た、運動のせいではなかった

公江は、布の切れ端をしばらく見ていたが、ゆっくりと首を振って、

「何ともこれだけでは……」

と言った。

「分らんのか」

常石が、腹立たしげに言った。

「申し訳ありません。でも、最近は、あの子、自分の着る物は勝手に買って来ていましたから」

白木が言った。

「一応警察の調査では、布が燃やされたのは、三、四日前、血液は人間のものに違いなく、血液型はAということなんですが」

常石が公江の方へ、

「文江の血液型は？」

と訊いた。

「A型です」

「そうか」

「ま、A型といっても、大勢いますからね」

白木が、できるだけ軽い調子で言った。

しばらく、三人とも口をきかなかった。

「――つまり」

と、常石が言った。「文江は殺されているかもしれん、と言うんだね」

「いや……それはまあ……最悪の場合の話でして」

「物事は常に最悪を覚悟しておく必要があるのだ」

と常石は言った。

「でも、あなた、文江は家出したんですよ」

「山道で誰かに出会ったのかもしれん」

常石は、白木を見て、「――山を調べてくれるんだろうね」

と言った。

「それはもう……。県警から人を出してくれることになっておりますし。しかし、何分広いですから、多少時間はかかるかもしれません」

「村の人たちにも手伝ってもらってくれ。何十人、何百人でもかまわん。手当はこの前の倍出す」

「はあ……」

常石の顔には、一徹な気質を示す、厳しさがあった。

捜査は、焼け跡の場所を中心に、始まったが、一日目は何の収穫もなかった。

日が落ちて、白木が駐在所に戻ってみると、吉成百代が、何となく落ち着かない様子で座っていた。

「やあ、百ちゃん。何だね？」

「山の方……どうだったの？」

「うん、今日は何も出なかったよ」

「そう」

百代は肯いて、「良かった」

と言った。

「そうだなあ。百ちゃんは文江さんとは仲良しだったものな。なまじ何か見付かりゃ、悲しいわけだ」

「きっと——町へ出て、どこかへ行ってるわ、大阪とか東京とか」

「そうだといいと思っとるよ、わしも」

白木はぐったりと椅子にへたり込んだ。

百代は、何やら言い出そうかという様子で、モジモジしていた。

「――何だね？　何か話があるんなら、言ってごらん」

「ええ」

百代は、ためらいがちに、「こんなこと……言いたくないんだけど、でも、やっぱり黙っていられなくて」

「うんうん」

と、白木は肯いた。

「あのね――別に私は、はっきり見たわけじゃないの。ただ遠くからだったけど――橋の上からで――」

「橋？　どの橋？」

「山の上の」

「あの橋がどうしたんだね？」

白木は、真剣になって訊いた。

「はっきりしないんだけど――でも、和ちゃんと、それから包丁らしいものと――」

「和ちゃん？　坂東和也のことかね？」

「ええ」

「包丁というのは？」

「洗ってるのを見たの。それから、手拭いを細かく裂いて、川へ流してた」

「手拭いを？」

「赤かったわ。でも、もとは白くて、大部分が赤く染ってたみたいで――」

「待ってくれ！　そりゃ――血で、ということかね？」

「分らない。遠かったもの。でも――せっせと洗おうとして、諦めて、裂いて流したのよ」

「いつ、見たんだね？」

少しためらって、百代は言った。

「文江がいなくなった朝よ」

翌日、流れの下流から、裂いた手拭いの切れ端が、いくつか見つかった。流れに浸ってはいたが、まだ血は充分にしみ込んでいて、検出されたのはA型の血液だった。

坂東和也は、白木の質問に、確かにあの朝、あの河原で包丁を洗って、手拭いを裂いて流したことは認めたが、文江を殺したりしない、と言い張った。

「包丁は何に使ったんだ？」

と訊くと、

「用心に持ってただけです」

と答えた。

両親の話によると、雑貨屋をしているので、夜、荷物を持って、町から戻ることがよくあり、あの日も、そうだったという。

町へ行った和也は、荷物をもらうのが遅れて、町を出るのがもう夜中近くになってしまった。懐中電灯を持って、山道を歩いていたのだが、あの橋の近くまで来たとき、懐中電灯が故障してしまった。

真っ暗で、足を踏み外して崖を落ちる心配もあったので、しかたなく、朝が来るのを待っていた。

あの包丁は荷物の中にあった売り物で、包みが破れて外へ落ちてしまったものだ、と言った。

手拭いについての説明は、大分こみ入っていた。――町で、荷物が来るのを待つ間、パチンコ屋に入って時間をつぶしていると、喧嘩に出くわした。

一人が殴られて、ひどく鼻血を出しているのに、みんな見ているだけなので、仕方なく和也が手拭いを貸してやった、というのである。

そんなに血がついていると思わず、ズボンのベルトに挟んでおいたのだが、後で気付いて、川で洗ってみたのだと言った。

「どうして、わざわざ引き裂いて川に流したんだ？」

「だって、捨てる所もないし、それこそ持って帰ったら、何と思われるか分らないし」

と、和也は肩をすくめた。

この説明には、どうにも無理があったが、白木でなく、県警の刑事が、もっと厳しく調べても、和也は、主張を変えなかった。

——その一方で、捜索も進められていたが、何しろ山の中全部を、くまなく捜し回るというのは、無理な話で、ついに、一週間後、捜索は打ち切られた。

和也に自白させて、死体を隠すか、埋めた場所を言わせた方が早い、ということになったのである。

しかし、刑事の、並の大人でも音を上げるような厳しい追及にも、和也は頑張り抜いてしまった。

結局、二週間後には、和也は一旦釈放されたのである。

警察としては、文江が殺されている可能性は高いとしても、確証はなく、死体が見つからないのでは、たとえ逮捕しても、起訴はできないだろうという考えだった。

——和也は、村に帰って来た。

しかし、この二週間に、村はすでに和也に有罪の判決を下してしまっていたのである。

「——その一か月後でした」

と白木巡査が言った。「朝早く、知らせを聞いて村外れの木のところへ駆けつけると、和也は首を吊っていたんです」

「本当に気の毒でした」

と、公江は言った。「私も主人も、一度だってあの子を犯人だと責めたことはありませんよ。だって、昔からよく知っているんですからね。文江を殺す理由なんかないじゃありませんか」

「その通りです」

と、白木は肯いた。「しかし、村の連中一人一人の口に戸は立てられませんからな」

「結局、ご両親も、和也さんのお葬式を済ませると、すぐに村を出て行ってしまいましたよ」

と公江は言った。

「そう……。いつの間にか、いなくなっていたんですな。あんまり長く店が閉ってるんで、不審に思って、私が裏から入ってみると、もう誰もいなかった……」

「たぶん、夜の内に、山を越えて行ったんでしょう。——気持は分ります。村に火でもつけたい思いだったでしょう」

——しばらく話は途切れた。

文江は青ざめた顔で、じっと話を聞いていたが、やがて、ゆっくりと息を吐き出した。

「何も知らなかったわ。——東京へ出てしばらくは無我夢中だったもの」

「お前の責任ではありませんよ」

「でも、私さえ家を出なかったら……」

「済んでしまったことよ」

と公江は静かに言った。

文江は立ち上った。

「どうしたの?」

「私の部屋、どうなってるの?」

「あのときのままよ。また今日から使いなさいね」

「ええ」

文江は出て行こうとして、「いいの、一人で行かせて」と、立ち上りかけた母を止めた。

「一人になりたいの」

「——分ったわ」

公江は、文江が出て行くと、白木の方へ向いて、

「このことを、村の人たちに知らせなくてはね」

と言った。

「大騒ぎになるでしょうな……」

白木はため息をつきながら、言った。

文江は、襖を閉じた。

自分の部屋だ。――七年ぶりに見る部屋は、記憶の中よりは狭かった。

もちろん、片付いてはいるが、机も、タンスも、元のままである。

扉や引出しを開けてみると、中もそのままになっていた。――奇妙な気分だった。

まるでタイム・マシンに乗って、七年前のあの日に帰って来たようだ。

カーテンは、同じものだが、七年間、陽を浴びて色が褪せていた。

文江は、椅子に座った。少しきしんで、苦しげな音を立てた。

――何ということだろう。

自分がいなくなった後の村で、何が起っているのか、何も知らずに、自立するのだ、と、いい気になって勝手なことをやっていた。

せめて、東京からでも、母へ、元気でいると、一本の電話を入れておけばよかったのだ……。

今ごろのこのこと帰って来て、得意げに、今はデザイナーとして自立し、成功していますよ、と鼻高々で語って聞かせるつもりだったのだ。

本当に――本当に、いい気なものだ。

しかし、白木と母の話でも、分らないことがあった。

それを、文江は黙っていた。自分の胸の中だけにしまって、そして自分の力で必ず真相を明らかにしてやろう、と思った。

それは、母の疑問、そのもの――つまり、この部屋が、散らかっていたことと、書置きがなかったという、その二つである。

母が考えたように、実際、文江は、部屋の中をきちんと片付けておいたのだし、書置きも、書いて、机の上に置いて行ったのだ。

自分がここを出てから、うめと母が、この部屋へ来るまでの間に、何かがあったのに違いないのだ。

それは一体何だったのか……。

ダダダッと階段を駆け上って来る足音がした。

振り向くと同時に、襖がガラリと開いて、百代が、息を切らしながら、現れた。

「――文江！」

と、百代は言ったきり、そこにただ立っていた。

4　墓地

「黙って行っちゃうなんて、ひどいよ」

と、百代が言った。

「ごめん。――だって、まず母に挨拶してから、と思ったのよ」

文江と百代は、庭に出ていた。

「それに――」

と文江は付け加えた。「母に、もうお前のいる所はない、って追い出されるんじゃないかと思ったしね」

「まさか」

「――でも、そうされても仕方のないようなことをして来たんだものね」

文江は、微笑んで、「あなた、誰と結婚したの？」

「杉山っていうのよ、今は。――文江、知らないでしょ。学校の先生なの。二十歳のときかな、私、小学校の事務に勤めてて、そのときに……」

「そう。子供は一人？」

「二人。下はまだ赤ん坊よ」

「すっかりお母さんね」

「太っちゃって、いやになるわ」

と、百代はポンとお腹を叩いた。「――文江は若いわ。そのスタイル、服装、凄いじゃない！」

「だって、デザイナーなのよ。デザイナーが変な格好できないでしょ」

「花形ね。高級マンションに住んで、外国のスポーツカー乗り回して、男と恋を楽しんで……」

「ＴＶドラマの見過ぎよ」

と、文江は笑った。「本当は忙しくて、恋人と会う暇もないわ」

「恋人、いるの？」

「一応ね。でも――結婚しないと思うけど」

「やっぱりＴＶドラマだ！」

「私のマンションは、２ＤＫのちっちゃなものよ。それも外国の雑誌やら、スケッチが至るところに積んであって……」

「でも、面白いでしょうね」

「色々と疲れることも多いわ。まあ、何とか食べてはいける程度に稼いでるけど」

二人とも、一番肝心の話には触れていなかった。

話さなくてはならないが、しかし、最後に回したいのだ……。

「子供さんは？」

「亭主がみてるからいいの。今日は早い日だったから。――文江のこと、すぐに後で分ったんだけど、子供かかえて、追いかけても行けないでしょ。だから、亭主の帰るのを待って、パッと押し付けて来たの」

「とんだ災難ね」

と、文江は笑った。

何となく、二人は黙った……。

「文江」

「ん？」

「聞いた？」

「うん。——白木さんもいたから、すっかり」

「そうか……」

百代は首を振った。「今でも毎日考えるのよ。あのとき、私があんな話をしなかったらって……」

「あなたのせいじゃないわよ。——話したのは当り前だわ」

「そう？　でも、そのせいで、和也君は死んじゃったわ」

「百代は、別に和也君が犯人だと言ったわけじゃないんだし……」

「同じことよ」

「もとはと言えば、私の責任よ。もちろん、そんなことになるなんて、思いもしなかったけど……。でも現実にそうなってしまったんだもの」

「もう取り返しはつかないものね」

「そう……。ね、百代、和也君のご両親がどこへ行ったか、何か耳にしてない？」

なぜか、百代は一瞬、ためらったようだった。

「分らないわ、全然。——誰も知らない内にいなくなっちゃったんだもの」

「そう……」

「私、あそこの隣にいるのなんて、いやなのよ。いつも和也君のこと、思い出して。でも、今の家が安かったし、あの雑貨屋は取り壊してくれるって話だったの。それが、いつまでたっても……。また当分、悩まされそうね」

文江はちょっと間を置いて、

「ね、和也君のお墓知ってる?」

「ええ。毎年、命日にはいくのよ」

「そう。じゃ、連れて行って」

「今?」

「そう。せめて、お詫びだけでもね」

「いいわ、行きましょう」

と、百代は肯いた。

合掌していた文江は、しばらくしてから、ゆっくりと顔を上げた。

後ろに足音がして、振り向くと母が立っていた。

「このお墓は、私が建ててあげたのよ」

と、公江は言った。「せめて、と思ってね。——今となっては、本当に良かったと思ってるわ」

「和也君は、もう戻らないわ」

「それはそうよ。でも、お前が自分を責めることはないわ。人の力ではどうにもならないことがあるものなのよ」

「そうね……」

と、文江は肯いた。

「あの――」

と、少し退がっていた百代が、やって来て言った。「そろそろ帰らないと、子供のことが――」

「そうね。ごめんなさい。私は大丈夫。またゆっくりね」

「うん。――しばらくはいるの？」

「そのつもりよ。電話するわ」

「そうして。主人にも紹介したいし」

百代は、急ぎ足で帰って行った。

「――ああやって、毎日の生活の中に、過去の傷が埋れて行くのよ」

と、公江が言った。

「私の傷は深すぎるわ」

と、文江は言った。

「文江」

「なあに？」

「東京へお戻り」

文江は、ちょっと目を見開いて、

「どうして？」

と訊いた。

「ここにいても、いいことはないよ」

「娘を、そうすぐに追い返さなくてもいいじゃないの」

「ごまかさないの。お前が何か思いつめてることぐらい、分りますよ」

「そう？」

「そうよ。七年前も、お前はそんな顔をしてたわ」

「それなら分ってるでしょう。私の気持は変らないことぐらい」

文江は墓を見つめながら、言った。

「何をする気なの？」

「本当に何が起ったのか、はっきりさせたいのよ」

「七年も前のことよ。――それでどうなるっていうの？」

「お母さん」

文江は微笑んで言った。「――無茶はしないわ。私に任せて。もう子供じゃないのよ」

公江は、ため息をついて、言った。

「子供じゃないから心配なのよ」

「一人にして。少し考えることがあるんだから」

「分ったわ。――もうすぐ暗くなるわ。その前に帰りなさい」

「そうするわ」

公江が帰って行く。

文江は一人、残って、墓の前に立っていた。

文江の頭脳は、ここで育った頃より、ずっとドライに、実務的になっている。――そういう点、母は理解していないのだ。

東京で、女一人、競争の激しい社会に飛び込んでやって行こうと思えば、ともかく、感傷は二の次である。

まず計算ができ、そして行動できなくてはどうにもならない。

母が言った通り、一旦東京へ帰る必要がある、と文江は思った。

この事件を洗い直して、真相を見つけるには、何か月かはかかるだろう。その間、東京での仕事はキャンセルしておかなくてはならない。

今度の帰郷では、一週間しか休みを取って来ていないのだ。

幸い、今、文江は仕事を多少キャンセルしても、後で仕事がなくなることはない。文江は割合に売れているデザイナーだし、それに、今までキャンセルしたことがないので、信用がある。

一度だけのキャンセルなら、向うも快く承知してくれるだろう。

それに、東京へ戻らなくては、この地方の七年前の新聞など、どこへ行っても、見られまい。もちろん新聞社へ行くという手もあるが、今さら新聞種になるのも、ごめんだった。

まず、新聞で、分るだけのことを調べ、それから、県警で、和也のことを調べた記録が見られるように、何とか手を打つ。

そう。——それにもう一つ、和也の両親の行方が気になっていた。

夜中に黙って出て行ったというが、その思いを、何としても、晴らしてやりたい。

それは、警察で調べればすぐに分るだろうが、できることなら、警察の手を借りずに自分で調べたかった。

墓地を出て、文江は、ゆっくりと家へ戻って行った。

畑の中の道を歩いて行くと、ブルル、という音が後ろから近付いて来た。

振り向くと、婦人用のミニ・バイクに、中年の男がまたがってやって来る。

「どいて！」

と男が叫んだ。「そこを、どいて下さい！」

文江があわててわきへよけると、バイクは目の前を通り過ぎ——ようとして、みごとに引っくり返った。

その格好がおかしくて、文江は、つい笑ってしまった。

「いや――参った！」

背広姿の男は立ち上ると、ズボンや上衣の汚れを手で払って、「急ぐからと思って乗って来たのに、これだ！」

「大丈夫ですか？」

とまだ笑いを残して、文江は訊いた。

「ええ。――しかし、乗りにくいものですな、これは」

「後ろに泥が」

「え？――ああ、こりゃどうも」

文江は、ハンカチを出して、背広の背中についた泥を拭いてやった。

「いや、申し訳ありません」

と男は礼を言って、バイクを起こすと、

「では、急ぎますので」

と一礼して、またバイクを始動させ、またがって、走り出した。

「何だか頼りないわね」

と、呟いて、文江は首を振った。

誰だろう？――見たことのない顔だった。

もちろん、七年の間には、村の顔ぶれも、多少、変っていよう。

文江は、また歩き出した。

ずっと先の方で、今の男が、またバイクごと引っくり返るのが見えた。

「——今夜、東京へ戻るわ」

と、夕食の席で、文江は言った。

「何ですって？」

と、うめが目を丸くした。「今日、おいでになったばかりですよ！」

「そう。でも、早い方がいいの」

「そんなこと——」

「うめ」

と、公江が抑えて、「好きにさせてやりなさい」

と言った。

「最後の列車が一時間後ね。それに乗るわ」

「気を付けてね」

「ええ」

文江は手早く食事を終えて、立ち上った。

「ごちそうさま。——久しぶりで、おいしかったわ」

「さようでございますか」

うめが、ふくれっつらで言った。

「じゃ、仕度するわ」

文江は部屋へと上って行った。

「──奥様」

とうめが言った。「どうしてお止めにならないんです？」

「止めて聞く子じゃないでしょ」

と、公江は言った。「それに、もう二十六なのよ」

「でも、今度こそ、お帰りにならなかったら──」

「大丈夫。帰って来るわよ、あの子は」

公江は、自信ありげに言った。「お茶をおくれ」

「はい」

うめは、どうにも不満顔であった。

5　疑　惑

「お帰り」

と、草永達也がグラスを上げた。

「どうも」

文江は、あまり気のない返事をした。

「どうしたんだ？　あんまり嬉しそうじゃないね」

と草永は言った。

「どうして嬉しくなきゃいけないの？」

「ご挨拶だな。恋人と別れてるのが寂しくて、たった二日で帰って来たんだろ？」

文江は、ちょっと笑った。

「相変らずね」

「変りっこないじゃないか、前に会ってから、四日しかたってない」

「ずいぶんたったような気がするわ」

と、文江は言った。

銀座の地下のレストランだ。小さな店だが、草永の会社が近いので、よくここで待ち合せる。

草永達也は、広告会社に勤めている。

といって、夜も昼もなく飛び回るエリートというわけでなく、至って呑気な、庶務の人間だった。

さほど二枚目でもないが、おっとりした人柄の良さが、競争の社会で疲れている文江にとって、救いのように感じられる。

あまり付き合ってスリルのある相手ではないが、何でも打ちあけて話せる男だった。

「僕も、君がいない間は寂しかったよ」

「意味が違うのよ」

と、文江は言った。

「まあそうがっくりするな。仕方ないじゃないか。七年間、生死不明だったんだ。その内に、お母さんの怒りも解けるよ」

「違うのよ。そんなことなら、こう深刻になりゃしないわ」

「へえ。何事だい、一体？」

「とんでもないことになったのよ」

「もう君に亭主がいたとか？」

「まさか」

と、文江は苦笑した。

食事をしながら、文江は一部始終を話して聞かせた。

「そいつは辛いね」

と、草永は言った。

「そう。――いやになっちゃうの、分るでしょ？」

「うん。しかし……」

「私、必ず、真相を暴いてやるわ」

「つまり、君の部屋が荒されていたことと——」

「書置きが消えていたことよ」

「それに、その男——和也といったっけ？　彼の言うこともおかしいね」

「どうして？」

「包丁の話、手拭いの話、どれも本当とは思えないよ」

「そうねえ……」

「彼には彼で、何か、隠していることがあったんだ。——例の焼いた跡のことだって、彼の話じゃ解決できないじゃないか」

「それもそうね」

「彼はやっぱり、何かやったんだと思うね、僕は」

「何を？」

「誰かを殺して、埋めたのさ」

「まさか！」

「他に考えられるかい？　起訴するには死体が見つからないと無理だけど、状況証拠は充分だよ」

「でも、誰を？」

「そりゃ分らないさ」

「行方不明になれば、誰かが届け出るでしょう」

「どうかな」

「だって──」

「考えてみろよ」

　と、草永は言った。「君だって、通りすがりの車に乗って東京へ出て来た。どこかの女の子が、町から山道へ迷い込んで、困っている。そこへその、和也が通りかかって、村まで案内しよう、と言い出す」

「それで？」

「途中、色々話をするだろう。女の子は家出して来たと分る。しかも、かなり遠くから来ている。──暗い山中で、二人きりだ。和也が、妙な気を起こしてもおかしくない」

「やめてよ。幼なじみなのよ」

「だが君は女で、僕は男だ。男のことは、僕の方が良く分る。十九歳は、体が大人で、まだそれを制御し切れない年齢だよ」

「でも殺すなんて……」

「殺す気だったのかどうかね。乱暴するだけのつもりだったかもしれない。でも女の子の方が、大人しくしていなかった。隙を見て彼の荷の中にあった包丁をつかんで──」

「逆に刺された……」

「ほんのはずみだったかもしれないよ」

文江は、じっと草永を眺めて、

「見て来たようなことを言うのね」

「可能性さ。――ともかく、何かあったことは確かだと思うね」

草永はそう言って食事を続けた。

「あなたって、割合に鋭いのね」

「割合に、はないぜ」

と、草永は言った。「――本当に、やるのか？」

「事件のこと？　そうよ」

「やめといた方がいいと思うけど……。まあ言ってもむだだろうね」

「むだよ」

と文江は言った。「考えてみてよ。人一人、私のために死んでいるのよ」

「うん、分る」

と、草永は言った。「ワイン一本分には充分相当するよ」

「同感だわ」

文江はワインのグラスをぐいっとあけた……。

「――今夜は帰るの？」

と、文江はベッドの中から言った。

「いや、泊ってもいい。でも君の気持次第だな」

「そう」

文江は裸の腕をのばして、草永を抱き寄せた。「——私はあなた次第よ」

二人の唇が絡むように触れ合う。

そこへ、チャイムが鳴った。

「——誰だい？」

「さあ、分らないわ。もう十一時ね。——こんな時間に……」

「出てみろよ。何か着てね」

「当り前でしょ」

と、文江は言って、ベッドから出ると、裸身にガウンをまとった。

インタホンで、

「どなた？」

と声をかける。

「警察の者です」

と、返事があった。

文江は、草永の方へ肩をすくめて見せ、玄関へ出て行った。

チェーンをしたまま、細く開けてみる。

「ええと……常石文江さんですか」

「はあ」

「実はちょっとお話が……」

どこかで聞いた声だ、と思って、文江は首をかしげた。

ともかく中へ入れる。

「夜分、申し訳ありません」

居間へ入って、明るい光の下に立つと、やっと分った。

「ああ、あの、バイクでひっくり返ってた方ですね！」

「え？――じゃ、あなたが、あのときの……」

男は照れくさそうに頭をかいた。

「――じゃ、県警の刑事さんなんですか」

と、草永の淹れてくれたコーヒーを飲みながら、文江は言った。

「はあ。室田といいます」

刑事はそう言って、「いや、てっきりお一人と思ったので……。お邪魔をして申し訳ありませんね」

「いや、いいんですよ」

と、草永が気楽に言った。「朝までは長いですからね」

「いや、お若い方々は羨しい」

と、室田刑事は言った。

「で、どういうご用でおいでになったんでしょう？」

「あなたが行方不明になって、坂東和也という若者が捕まった。――ご存知ですね？」

「はい。母から昨日、初めて聞きましたわ」

「そのとき、彼を調べたのが、私だったのですよ」

「まあ」

「もちろん私一人ではありません」

と、室田刑事は続けた。「何人かの同僚は、彼がクロに違いない、と言っていました。しかし、私はシロだと思っていたのです」

「そうでしたか」

「結局、彼の自殺で、たぶんクロだったのだろう、ということになって、それきり終ってしまったのですが、ずっと気になっていたのです」

「そこへ私が帰ったので……」

「ええ、それを聞いて、駆けつけたんです。ところが、あなたはもういらっしゃらなくて」

「それはすみませんでした」

「いや、あのときに気が付いていても良かったんですよ」

と室田刑事は、ちょっと照れたように笑った。

「――で、私に何のお話だったんでしょうか？」

「あなたが、どうやって村を出られたのか、うかがいたかったのです」

「それは――」

文江は、母に話した説明をくり返した。

「すると山の方へは行かなかったんですね」

「ええ。行きかけて、車が来たので、やめたんです」

「山道を行けば、途中で、坂東和也に会っていたでしょうね」

そう言われて、文江は、ちょっとハッとした。

「そうですね。考えてもみませんでした」

「実は、私にも、あの和也という若者の言うことは信用できないんですよ。しかし、あなたを殺してはいない。――そうなると、あの若者は、なぜ、あんなでたらめを言ったのでしょう？」

文江は、ちょっと草永の方を見た。

「――分りませんわ」

「ともかく、彼には、隠したいことがあったのです」

「それは分ります」

「しかし、そのおかげで、彼は殺人の容疑をかけられている。――それほどまでにして、隠していた秘密は何だったのでしょう？」

「別の殺人だったのじゃありませんか？」

と、草永が言った。

「鋭いですな」

と、室田刑事が肯く。「私もそう考えました。しかし、あの夜、確かに、彼は、町から出て山道を村に回っていますね。途中、誰か女と会って、殺したとして、その死体をどこかへ埋める――近くではないのですよ。あの辺一帯を捜したのですからね。そして、服を焼く。それだけのことをやる時間が、あったでしょうか？」

「なるほど」

「しかも、まだ暗い中でです。そして、包丁と手拭いの件……。埋めるなら、なぜそれも一緒に埋めてしまわなかったのか？」

「分りませんわ」

と文江は首を振った。

「つまりですね、彼は殺したかのような痕跡を、作っていたのではないか、と私は思っているのですよ」

と、室田刑事は言った。

6　死の恐怖

「ええ、そんなわけで……。本当に申し訳ありません。二度とこんなことはいたしませんので。――はい、一か月で戻ります。それで大変に図々しいお願いなんですけど、戻りましたら……。――そうですか！　本当に助かります、そうしていただけると！――はい。すぐにご連絡を取りますので。――よろしく……」

電話を切って、常石文江は息をついた。

手帳をめくって、

「これでもう落とした所はないかしら……」

と呟く。「――大丈夫だわ、全部連絡した！」

「あんまり張り切ると、老けるぜ」

と、草永達也が言った。

「ドキッとするようなこと言わないでよ」

「本当さ。若いからって無理しない方がいいよ」

文江のマンションである。

そろそろ昼、正午になろうとしていた。文江は、Tシャツにジーンズの軽装で、ソファに寝転がって、電話をかけていたのだ。

ちょっと、ファッション・デザイナーには見えないスタイルだった。

草永は、ワイシャツにネクタイのスタイルで、そろそろ出社しようか、というところ。半日休暇が取れるので、朝、ベッドの中で会社へ連絡し、その後、文江と少々運動をしてひと眠りしたのである。

「どうせ一時までに行けばいいんでしょ？　一緒にお昼を食べましょうよ？」

と、文江はソファからはね起きた。

「いいよ。この下で食べる？」

「この格好で通用するのはあそこぐらいね」

マンションの一階に入っている、ちょっとしたキッチンだ。独り暮しで、つい外食が多くなる文江には、ありがたい店だった。

「今日もいいお天気ね」

ベランダのカーテンを開けて、文江は伸びをした。

「これからの行動予定は？」

と、草永が上衣を着ながら言った。

「これから考えるのよ。一か月、時間ができたんだもの」

布のバッグを手にして、文江は草永と一緒に部屋を出た。ここは五階である。

「──でも、凄いでしょ。私との契約、断りたいって人、いなかったわ」

「美人は得だ」

「あら、それじゃ私に才能がないみたいじゃないの」

エレベーターに乗って、文江は笑いながら言った。

一階に着いて、車寄せの下を曲って、店のドアを押す。

「やあ、おはよう」

コロコロと太って、いかにも料理人という感じのマスターが、文江に笑いかけた。

「おじさん、何か作って。任せるから」

カウンターだけの小さな店である。他に客はなかった。十二時に十分ほどある。

「OK。昼休みになる前に、スパゲッティがゆで上るよ」

「それでいいわ。この人にもね」

「了解。──まだ結婚せんのかね?」

と、手早くスパゲッティにかかりながら、マスターが訊く。

「彼女がその気になってくれなくてね」

草永は言って、ポケットを探った。「おっと、いけない。禁煙中なんだ、忘れてた」

「何だ、また禁煙してるのかい」

とマスターがからかった。「──文ちゃんは、田舎へ帰ったんじゃなかったのか?」

「一応はね。ちょっと思うところあって、引き返して来たのよ」

「さては見合の相手を押し付けられたな？　図星だろう」

「ご想像にお任せします」

と、文江は言って、水を飲んだ。「コーヒーもお願いね」

「分ってるさ。――なあ、文ちゃん、さっきあんたのことを訊きに来た男がいたぜ」

「私のこと？」

「ああ。身許調査じゃないのかい、縁談の、さ」

「そんな話、ないわ、本当よ」

「へえ。じゃ、一体何なのかな」

文江は、草永と、ちょっと顔を見合わせた。

「――で、おじさん、何て訊かれたの？」

「いや、あんたの写真見せてさ、この女性を知ってるかって。このマンションにいるはずだけど、見たことないかって訊いてたよ」

草永が、

「どんな男？」

と、口を挟んだ。

「さて……。中肉中背ってやつかな。あんまり目立たない奴だったよ。グレーのコートを着てね」

「で、何て返事したの？」

と文江は言った。

「開店したばっかりなんで、よく分らねえ、と言ったよ。理由はどうでも、人のことをかぎ回ったりするのは好きになれないからね」

「おじさんらしいわ」

文江は笑った。

しかし、一体誰なのだろう？——文江には心当りがまるでなかった。

スパゲッティを食べ始めると、十二時になって、昼食に出て来た近所のサラリーマンやOLたちで店はたちまち満席になる。

マスターは一人で料理から会計、注文取りまで大忙しである。しかし、額に汗を光らせて駆け回っているときが、このマスター、一番楽しそうなのである。

「——誰なんだろう」

コーヒーを飲みながら、草永が少し大きな声で言った。店の中が、ぐっとやかましくなっているのである。

「分らないわ。あんまりいい気分じゃないわね」

「気を付けろよ」

と草永が言った。

「あら、何に？」

「分らないが……。ともかく色んなことに、さ」

「まず男性に注意、ね」

文江は冗談めかして言ったが、草永は笑わなかった。

「いいか、まあその男は関係ないかもしれないが、君は七年前の出来事をほじくり返そうとしてるんだ。それは必ず何か波乱を起す。――充分用心した方がいい」

草永が、こんな風に、真剣にものを言うのは珍しい。いや、いつも軽薄というわけではないのだが、人に忠告したりする柄ではないのである。

「分ったわ」

文江は、真顔で肯いた。

草永が、しつこく、やめろと言わないことが、ありがたかった。――文江は、やり抜くと決めたことは、途中で投げ出さない。

元来、そういう性格でもあったのが、七年間の生活で、一層拍車がかかった。苦しくなることは何度もあったが、結局投げ出さないことで、それを乗り切ったのである。

今となっては、その信条を変えろと言われても不可能だった。

マンションの玄関の所で、草永と別れた。少し歩いて、振り返った草永に、もう一度手を振った。

ふと、まるで新婚家庭の朝みたいだわ、と思った。出勤していく夫と、見送っている新妻と……。

だが、決してそんなことにはならないだろう、と文江には分っていた。

自分が選んだ生き方は、そんなものではない。——あの、百代のような、ごく当り前の妻や母の姿に憧れる気持は、文江の中にはなかった。

後になって、いつか何十年かたって、それを後悔することがあるかもしれないが、それでも構わない。ともかく、文江は自分をごまかして生きることのできない人間なのである……。

マンションへ入って、エレベーターの方へ歩いて行く。——草永が言ったことは、胸の中に、小さな魚の骨のように、ひっかかっていた。

確かに、自分は無用な波乱を、あの静かで平和な田村に引き起こそうとしているのかもしれない。今さら、何をしたところで、坂東和也は生き返っては来ないし、七年前の事件の真相を明らかにすることは不可能かもしれない。

しかし、自分のせいで——総てが自分の責任とは言えないにせよ——一人の人間が死んだという事実は、何十年を経ても消えるものではないのである。

エレベーターに乗って、五階のボタンを押す。

「ともかく、やるしかないんだわ」

と口に出して言った。

一か月、仕事はストップした。一応、いくらかの貯えもある。その全部を費やしても、充分かどうか……。

しかし、もう石は坂を転り始めた。誰もそれを止めることはできないのだ。

あの室田という刑事が和也の両親の居所を捜してくれることになっていた。事件に直接関係あるかどうか分らないが、ともかく坂東夫婦に会うべきだ、と文江は思っていた。

五階でエレベーターを降り、〈503〉のドアを開ける。ふと、風が抜けて通った。

おかしい、と思った。

ドアを開けても、窓が開いていなければ、風は抜けて行かない。窓や、ベランダに出るガラス戸は、全部、閉っているはずだ。

居間へ入って、中を見回す。——別段、変りはないように見えた。

電話が鳴り出して、ギクリとした。気のせいだろうか、さっきの風は？

電話が鳴り続ける。ともかく、出ることにした。

「常石です」

「やあ、室田ですよ」

「あ、昨晩はどうも」

と、文江はホッとした気分で言った。

「お邪魔してすみませんでしたね」

「いいえ、構わないんです」

「実は、県警の方で急に用が出来まして、戻らねばならないんです。それで申し訳ないのですが——」

「何か分ったことでも？」

「例の坂東和也の両親ですが、東京へ出て来ているようですよ」

「まあ、東京へ？」

「今、詳しいことを調べてもらっています。分り次第そちらへ連絡させるようにしましょう」

「お願いします。すぐに行ってみますわ」

「一、二時間の内に電話が行くと思いますが、私が行けなくて申し訳も――」

突然、背後からのびて来た手が、電話のフックを叩きつけるように押した。ハッとする間もなく、電話のコードが、鞭のように、蛇のように、文江の首に巻きついた。

「あ――」

声が短く切れた。コードが首に食い込む。

文江は、息ができなくなって、目の前が暗くなるような気がした。

「動くな」

耳もとに、男の声が囁いた。「動くと、強く絞めるぞ」

文江は、身震いした。

「――よく聞けよ」

と声は続いた。「もうやめるんだ。余計なことに首をつっこむな。――分ったか？」

文江は、意識が薄れて行くのを感じた。このまま、死ぬのか、と思った。

「昔のことをつついて回っても、ろくなことはない。――分ったか？」

男の声が、遠くへと吸い込まれて行くようだ。

「今度は命がないぞ。お前だけじゃない。誰も彼もが、死ぬぞ」

――不意に、コードが緩んで、受話器が床まで落ち、はね返って、宙に揺れた。

文江は床に崩れて、うずくまった。

誰かが居間を出て行き、玄関のドアが閉まる音が、ずっと遠くで聞こえた。――文江は、何度も喘いだ。

床に寝転がって、じっと動かなかった。

息をするのも、苦しい。喉が痛んで、そっと手で触ると、皮が破れて、少し血がにじんでいるらしかった。

何が起ったのか、考える余裕もなく、ただ横になって、時が過ぎるのを待った。

どれくらい時間がたったのか、文江はゆっくりと起き上ると、ぶら下っている受話器を、フックに戻した。

殺されかけたのだ。やっと、その恐怖が実感された。

受話器を取って、ダイヤルを回そうとしたが、手が細かく震えて、何度もかけそこなってしまった。

「もしもし――」

声が、びっくりするほどしゃがれていて、二、三度言い直さなくてはならなかった。

「庶務の草永さんを……」

時計の方へ目をやると、もう一時四十分である。一時間近く、動けなかったことになる。

「草永ですね？　ちょっとお待ち下さい」

女性の声がした。

文江は、自分がどうして草永に電話しているのか、分らなかった。電話して、どうするというのか？

助けて、と叫ぶか、それとも泣くか。——文江には分らなかった。

「お待たせしました」

と、草永の声がした。「もしもし、どちら様ですか？」

文江は、じっと草永の声を聞いていた。

「もしもし？——もしもし。——どなたですか？」

文江は、そっと受話器を戻した。電話が、チーンと音を立てた。

7　孤独の夫婦

シャワーを浴び、鏡を見ながら、首筋の傷の手当をする。

思ったほどの傷ではなく、ほとんどそれと分らないほどで、ホッとした。

服を着て、熱いコーヒーを淹れ、ソファで一杯飲むと、大分気持が落ち着いて来た。

――とはいえ、恐怖はまだ肌にまとわりついていたが。

文江は考え込んだ。あの男が何者か、捜す手がかりは何もない。

顔は見ていないのだし、声も、耳もとで囁かれたのでは、どんな声やら見当がつかない。

確かなことは、あの男が言った、

「余計なこと」

というのが、今度の田村での一件であることだ。

しかし、それにしても、草永の警告が、こんなに早く事実になるとは……。

殺されかけたのだ。しかし、なぜだろう？　一体、自分が何を知っているというのか。

まだ、実際に、何一つ捜査にも取りかかっていないのに、あんな風に向うから出向いて来るというのは、よほど彼女の動きに神経を尖らせているせいだろう。

だが、文江が田村へ戻り、真相を探る決心をして、まだごくわずかの時間しかたっていない。その間に、一体誰が、文江のことを知ったのか。

大体、このマンションの場所さえ、文江は母にも言って来なかったくらいだ。

それなのに、あの男は、やって来て、留守中のこの部屋へ忍び込み、彼女を待ちうけていた……。

「どうなってるの？」

と、文江は口に出して呟いた。

何でも、つい口に出してしまうのが、長い独り暮しから来る癖であった。

電話が鳴って、文江はちょっとギクリとした。また後ろから首を絞められそうな気がして、あわてて振り向きながら、手をのばした。

「はい、常石です」

「やあ、室田です」

「あ、刑事さん」

「さっきは、電話が途中で――」

「ああ、すみませんでした。ちょっと、客があって」

「実は、坂東和也の両親の居所が分りましたのでね」

「まあ、どこですの？」

「渋谷の方のアパートなんです。電話がないので、連絡がつけられません」

「行ってみますわ。場所を教えて下さいますか」

「それじゃ、私も行きます。待ち合せましょう」

「でも、田村の方で、何かご用とか――」

「ああ、構わんのですよ」

と、室田は気楽に言った。「電話して、一日、警視庁を見学したいと言っておきましたから」

何となくユーモアのある男だ。文江はつい笑顔になった。

「じゃ、すぐに仕度しますわ」

「お願いします。ではハチ公の前で。——どうもアベックばかりで、気がひけますが」

「そんなこと……。では後一時間ほどしたら参ります」

「結構です。では」

室田は、いささか馬鹿丁寧に言った。

坂東和也の両親。——ともかく、第一歩は順調に踏み出せそうだ。

いや、そうでもないか。文江は、そっと首に手をやって、思った。

ハチ公の像の周囲は、相変らず人で溢れている。

文江が歩いて行くと、室田の方から、見つけてやって来た。

「ここから歩いて十五分ということです。行ってみましょうか」

と室田は言った。

「ええ」

文江は肯いた。

「和也君のお父さんは何をしているんですか？」

「坂東は何か仕事をしてるんでしょう」

と、室田は言った。「しかし、夕方なら戻っていると思いますがね」

「何だか気が重いですわ」

と、文江は言った。

「あなたが責任を感じることはありませんよ。——といっても、無理だろうとは思いますがね」

室田の話し方は、淡々として、どこかユーモラスですらある。それが、文江には、嬉しかった。

坂東のアパートを捜し出すのに、大分時間がかかってしまった。

「全く、東京は大変ですな、家一軒捜すのも」

と、室田は息をついた。

「ややこしいですものね。田村なら、誰それの家、といえばすぐ分ったのに」

「ああ、あそこですね。——しかし、そういう小さな村だからこそ、坂東和也は死んでしまったわけですからね」

室田の言う通りだ、と文江は思った。

もちろん、あの村の暖い人情や、肌のぬくもりすら感じさせるような近所付合いは、それ自体、都会に長く暮していると、烈しいほどの郷愁をかき立てることがあった。

しかし、その人情は、常に、仲間意識と、その裏返しの排他的な風土とに裏打ちされている。一度その中で、仲間に背いた者は、決して許されることがないのだ……。

和也は仲間を殺すという、大きな罪を犯した。いや、実際はどうでも、村の人々はそう思った。

それは村にとって、正に死に値する大罪だったのだ。――そこでは法よりも、村人の噂や、視線や、言葉が人を裁くのである。

今さらのように、文江は坂東和也の父に会うのが怖くなった。

本当に、父親に詫びねばならないのは、しかし、村人たちである。

だが、村人たちの誰一人として、和也の死が自分の責任だなどとは、感じていないに違いない……。

それが本当に恐ろしいことなのである。

「——どうしました？」

室田の言葉に、文江はハッと我に返った。引き返すわけにはいかないのだ。ここまで来た以上は……。

「行きましょう」

文江は自分から足を速めた。

〈坂東〉という表札はどこにもなかった。

「確かこの部屋ですがね」

と、室田が足を止めたのは、ただ白紙の表札が、ピンで止めてある部屋の前だった。

「字が消えちゃってるんだわ」

よく見ると〈坂〉の字が、かすかに読み取れた。

室田がドアを叩いた。——三度、くり返したが、返事がなかった。

「留守ですよ」

と、隣のドアが開いて、中年の女が顔を出した。

「失礼——。どちらへ出かけたか、ご存知ですか」

と室田が訊く。

「知りませんね」

と、そっけない返事である。

「実は……」

室田が頭をかいて、「ちょっとこちらの坂東さんご夫婦のことを調べてましてね。興信所の者なんですが」

「へえ」

と、隣の主婦は、急に好奇心をそそられたようだ。

なるほど、巧い、と文江は思った。これが、

「警察です」

と名乗ったら、向うは口をつぐんでしまったろう。

厄介事に巻き込まれたくないからだ。しかし、興信所となれば話は違う。

もともと、他人の噂ぐらいしかすることのない主婦らしい。いくらでも話の種はあるだろう。

「そうね、二人とも何だかブラブラしてるわよ」

と、しゃべり始めた。「旦那の方は、時々出かけるみたい。金を受け取りにね」

「お金を？」

「銀行に行くんじゃないの。たぶん、そうだと思うわ。その度に、あれこれ買物に出てるから」

「暮しぶりはどうです？」

「悪くないんじゃない。たまに上ることもあるけど、結構小ぎれいにしてるよ。まあ、アパートそのものがボロだから、たかが知れてるけどさ」

「じゃ、特に働いている様子はないんですね」

「ないね。きっと子供からお金でも送って来てるんじゃない？」

「なるほど」

と、室田がもっともらしく肯く。「客はありますか」

「めったにないね。――たまに、それでも、同じくらいの年齢のおじさんが来てたけど、それもせいぜい二、三か月に一度じゃないかな」

「この辺の人ですか？」

「全然見たことないね。ちょっと言葉に訛があったよ」

文江は、田村の誰かだろうか、と思った。

「このアパートで親しい方はいますか？」

「いないね」

と、即座に返事があった。

「すると、割に付合いの悪い――」

「割に、どころか、ひどく悪いよ。結構金はあるとにらんでんだけどね。共同で下水の修理するときだって、金を出さないと言ったりして」

「じゃ、ちょっと偏屈な感じですか」

「かなり、ね」

とその主婦は顔をしかめて見せた。

「今日、お出かけになったんですか」

と、室田が訊く。

「でしょう。私は奥さんの方だけしか見てないの。朝の十時頃かな、私が表に出ると、ちょうどドアが開いてね、奥さんが出て来たのさ」

「何か言っていませんでしたか？」

「うん。私の顔を見ると、『ちょっと二人とも留守にしますので、よろしく』って言って行ったよ」

「二人とも、と言ったんですね？」

「そう。あんなこと言われたの初めてだから、ちょっとこっちも面食らっちゃった」

「いつもは黙って？」

「そうよ。旅行に出たって、おみやげ一つ配るでもないしね」

「今度は旅行のようでしたか？」

「さあ。少し大きめのバッグは持ってたけどね」

「そうですか。どうも……」

室田が礼を言いながら、千円札を出して、主婦の手に握らせた。

「あら、悪いわね。いいのに……」

と言いながら、さっさとエプロンの中へ突っ込む。

「また夜にでも来てみます。それじゃ」

と、室田と文江がアパートを出ようとすると、

「ねえ、ちょっと！」

と、その主婦が呼び止めた。

「——何か？」

「これはまあ……関係あるかどうか分んないけどさ」

と、その主婦は声を少し低くした。

「何です？」

「ゆうべ、あのご夫婦、えらい喧嘩をしてたんだよ」

「夫婦喧嘩ですか。よくやるんですか?」

「全然!」

と、主婦は首を振って、「だからびっくりしたのよ。もうあの人たち、ここへ来て四年ぐらいになるけど、一度だって、喧嘩なんてしなかったわ」

それから、言い訳するように、

「ほら、ここは壁が薄いでしょ、だから、ね──」

「分りますよ。聞く気でなくても耳に入って来る」

「そう! そうなのよ」

文江は、室田が主婦を扱う手並の鮮やかさに、思わず笑みを洩らした。さすが、と言うべきだろう。

「で、ゆうべの喧嘩、どんな具合でした?」

「そうねえ……。きれぎれにしか聞こえなかったけど、何でも子供のことだったみたい」

「子供の?」

「『だから、あの子のことを信用しろって言ったでしょう』とか、『あの子がやったとは限らんだろう』とか……」

「なるほど。面白いですな。──二人から、子供の話は聞いたこともおありでしたか?」

「いいえ。大体、そういう、私生活に立ち入った話は絶対にしない人たちなのよ。いつも私、主人に言ってたの。あの二人、どこか影があるわよ、って」

「なるほど、いい目をしてますな。どうも、助かりました」

室田は、アパートを出ると、「――いや、ああいう奥さん連中は、正に情報の宝庫ですな」

と笑った。

「でも、何だか怖いわ。ああいう人たちにいつも見られてるのかと思うと」

これはまた、田舎とは違った、都会でのわずらわしさだ。

ただ、都会ではみんな自分の生活で手一杯だから、人のことに口出しまではしない。好奇心で耳を尖らせてはいるが、それはあくまで自分一人の楽しみなのである。

「これからどうします？」

と、文江は訊いた。

「夜になったら、もう一度訪ねてみます。あなたは――」

「私も行きますわ。じゃ、それまで、私、ちょっと用を済ませてしまいますから」

「分りました。じゃ、夜、八時にあのアパートの前に」

「結構ですわ」

文江は、室田と別れると、草永の会社へ電話を入れた。――なぜか、急に声が聞きたくなったのである。

「何だって？」

草永がスプーンをスープの中へ落とした。「殺されかけた？」

「しっ！　レストランよ！　そんなにびっくりしないで」

「これでびっくりするなと言われたって……」

草永は、スープからスプーンを取ろうとして、「アチチ！」

と、飛び上った。

「落ち着いてよ。いやねえ」

と、文江は笑った。

「しかし……どうするんだ、一体？」

「どうってことないわ。一度こうと決めたら、変えないわよ、私」

「君には呆れたな」

と、草永は首を振った。「これから、僕がどうするか分るか？」

「私と別れるの？」

「違う」

「じゃ、何？」

「君を山奥へ連れて行く」

「どうして？」

「その山小屋へ閉じ込もって、君と二人で過すんだ」

「それで？」

「君が妊娠して、お腹が大きくなって動けなくなるまで、外へ出さない。それで諦めるだろう」

文江は声を上げて笑った。

「――あなたっていい人だわ。でも、私の気持を変えることはできないわよ」

「やれやれ。君はジャンヌ・ダルクの生れ変りかい？」

「それを言うなら、クレオパトラとか、トロイのヘレンとか、もうちょっと美人にしてちょうだい」

「敵わないよ、君には」

と、草永は苦笑して、「しかし、気を付けてくれよ。まだ死んでほしくない」

「分ったから、早く食べて」

と、文江は腕時計を見た。「八時までに、あのアパートへ行くんだから」

しばらく食事を続けてから、草永は言った。

「その坂東って夫婦さ、ちょっと妙だね」

「そうでしょう？――あんな風に村を出て、一体誰が生活費を送ってるのかしら」

「たまに訪ねて来るという年寄りも、気になる」

「そう。――単純に哀れな老夫婦とも言えないようね」

「大体、世間はそんなもんだよ」

と草永は、哲学的な表情で言った。「しかし、その隣の人が聞いたっていう夫婦喧嘩も面白いじゃないか。その夫婦、君が村へ帰ったことを知ってるんだぜ。誰が知らせたんだろう？」

「そこなのよ。――ねえ、とても反応が素早いと思わない？　私が帰って、まだ二日しかたっていないのに、誰かが私を殺そうとして、あの夫婦にも連絡を取ったのよ」

「しかも、君が村にいるときならともかく、東京へ戻って来てからだ」

「謎ね。――村の中に、私のことが広まるのは、アッという間だったに違いないけど、その後は……」

「その後は――誰かが東京へ出て来てるのかもしれないな」

「誰が？」

「そりゃ分らないさ。しかし、なぜそれを室田って刑事に言わないんだ？」

「何だか、言いにくかったのよ。自分の中に、それを止めるものが何かあって……」

文江は首を振った。「うまく説明できないけど」

「分るよ、君の気持は」

と、草永は言った。「さあ、早く食事を終えて出よう。八時に遅れるぜ」

「あなたも行くの？」

「当り前さ」

と草永は言った。「君を他の男と二人にしてたまるかい」


八時五分前に、アパートの前に着くと、ほとんどすぐに室田がやって来た。

「やあ、失礼。また迷っちゃいましてね」

と照れくさそうに言った。「じゃ、早速――」

「今、外から見ましたけど、部屋に明りは点いてないみたいですわ」

「まだ帰っていないのか」

室田はちょっと眉を寄せた。

「入ってみちゃどうです？」

草永の言葉に、

「そんな無茶な――」

と、文江は言いかけたが、意外なことに、室田が、

「そうですね」

と、すぐに肯いたのである。

「でも――」

「いや、大丈夫。責任は私が持ちます」

と、室田は言った。「坂東の妻の方だけが一人で出かけたというのが、どうも気にな

るんですよ」

室田は本当に不安そうな表情をしていた。急に、文江も不安になって来た。

「こんなドア、すぐに開くでしょう」

と、草永が言った。「手伝いましょうか」

「いや、あなたは手を出さないで下さい。後で面倒なことになると困ります。私一人で何とか――」

と、室田はドアのノブをつかんで、ガチャガチャと揺さぶった。

必死でやっているのは分るのだが、いかにオンボロなドアでも、意地というものがあるらしく(?)頑として抵抗している。

「やれやれ……」

室田は顔を真赤にして息をついた。

「手伝いますよ」

「そうですなあ」

室田はちょっと考え込んでいたが、やがて手を打って、「――そうだ！　それじゃ、草永さん、私の体を引っ張って下さい。それならドアに触れないから大丈夫だ」

「うるさいんですねえ」

「法というものは、そんなものですよ」

と、室田は真面目くさった顔で言った。

せーの、とかけ声こそ出さなかったが、ドアのノブをつかんだ室田を、後ろから抱きつくように草永が引張るという、あまりはた目には美学的といえない光景は、しかし、長く続ける必要はなかった。

さすがに草永も若いだけに力がある。バリッと音がして、ドアの鍵は一度で壊れてしまった。

「――やれ、助かった。じゃ、お二人は外にいて下さい。中へ入ると、やはり家宅侵入に――」

と室田が律儀に言いかけると、

「誰か倒れてる！」

と、中を覗き込んだ文江が声を上げた。

「これは……」

中へ入って、室田が明りを点ける。「――草永さん、すみませんが、一一〇番に知らせてくれませんか」

「分りました。じゃ隣の家で」

草永が飛び出して行く。

文江はゴクリとツバを飲み込んだ。――殺されかけたことはあっても、殺された人間を見るのは初めてである。

「どうやら坂東らしい」

と、室田が上って言った。

「奥さんの方は――」

「いないようですね。捜してみましょう」

さすがに室田は落ち着いている(当然のことだが)。文江も恐る恐る上り込んで、倒れている老人の方へかがみ込んだ。

確かに坂東和也の父親だ、と信じるのに多少時間がかかった。

一つには、七年前とは別人のように老け込んでいるからであり、もう一つは、首に細い紐が深々と食い込んでいて、カッと目を見開き、口がポッカリと、まるで大きな穴のように開いて、苦悶の表情で、顔を歪めていたからでもある。

「――奥さんの方はいませんな」

と、室田は戻って来て言った。「どうです? 顔には見憶えは?」

「ええ……。あります。でもこんなに……」

と言ったきり、胸がむかついて来て、文江は部屋を飛び出してしまった。

8 再び村へ

絞殺。

犯人はあの男だろうか？——文江としても、こんなことになっては、襲われたことを室田に話さないわけにはいかなくなってしまった。

「——何かあったのかな、とは思っていたんですがね」

と、室田は渋い顔で言った。「すぐに連絡してもらえば……」

「申し訳ありません。何だか、私個人の戦いだ、っていう気がして」

「まあ、気持は分りますがね」

室田は文江の首の傷を見て、「こいつは、なかなかのプロですな」

と言った。

「そうですか？」

「こんな風に、強すぎず弱すぎずの力で絞めるのは難しいもんですよ。まあ、別に感心するつもりはありませんがね」

室田がそう言ってニヤリと笑ったので、文江はホッとした。

アパートの部屋は、ただでさえ狭いのに、白手袋をはめた刑事たちや、鑑識の人間たちで、ますます狭くなっていた。

検死官は死体をじっと見て、

「絞殺だね」

と、よく分っていることを言った。「死後半日はたっている。正確なところは分らないが」

「つまり、十二時間以上ということですか?」

と、室田が訊いた。

「そう。それ以上は確実にたっている」

ということは、と文江は思った。——朝の八時には、もう坂東は殺されていたことになる。

隣の主婦の証言が正しければ、坂東の妻がここを出たのが朝十時。ということは……。

「まさか、室田さん」

と文江は言った。

「どうも坂東は妻に殺されたらしいですな」

室田は難しい顔で言った。

「でもどうして?」

「動機は窺い知れませんが、現在のところでは、妻の容疑が濃いということですよ」

「でも、奥さんに殺せるでしょうか? それも首を絞めてですよ」

「それは何とも言えません」

と、室田は肩をすくめた。「可能性の問題なら、たぶん可能でしょう。しかし、それが真相だったのかどうかは別問題ですからね」

「私を襲った男が犯人じゃないでしょうか、同じように首を絞めているし……」

「その可能性もあります。――ともかく、ここは私の出る幕じゃないのです。何しろ警視庁の所属じゃありませんからね。あなたのマンションへ行ってもよろしいですか？　例の男が何か残していないか、調べてみたいと思うんですが」

「ええ、もちろん」

と、文江は肯いた。「でも、あの男、手袋をはめていたみたいだし、何も残っていないと思いますけど」

そこへ、警官がやって来た。

「室田さんですか」

「はあ」

「無線が入ってます」

「どうも」

室田が行ってしまうと、文江も、部屋を出て、外の空気を吸い込んだ。坂東の父親が殺された。そして母親が姿を消した。――なぜだろう？　一体何が起ったのか？

文江は坂東の両親のことを思い出してみた。父親は確か坂東市之介といった。役者みたいだといつもみんなが言っていたのを、憶えている。

母親の方は？――至って記憶が薄い。

名前は何といったろう？　それさえ定かではない。

いつも「和ちゃんのお母さん」であり、「坂東のとこのかみさん」であった。大体が目立たない、寡黙な人だった。

万事控え目で、何事にも夫を第一、次に息子を立てた。村人たちの、噂話の輪に加わらなかったというだけでも、ちょっと変ったタイプの人だったということは分る。

父親は、かなりおおらかで、気の大きな人だったが、それだけに、ああして老け込んでしまうと、違いが大きいのだ。

息子の和也は、どちらかというと母親似だった。

少し神経質なところがあって、一人っ子だったせいもあるのだろうが、母親っ子であった。よく父親が苦々しい顔で息子を見ていたのを、文江は憶えている。

しかし、何といっても坂東市之介にとって和也は自分の夢をかけた一人息子だったのだ。その息子が殺人容疑者となり、そして自殺してしまったとなると、父親の絶望感は想像がつく。

あの老けようも、納得できるというものだ。だが、あの二人の生活を助けていたのは、誰なのだろう？　おそらく、村人の中の一人に違いないが。

そして、ごくたまに訪ねて来たという年寄りは……。

どうやら、坂東夫婦の暮しも、単純に、故郷を追われた人のそれではなかったようだ。

あの母親――静かではあるが、田舎育ちの婦人らしく、がっしりとした体つきだったあの婦人はどこへ行ったのだろう？

「――おい、もういなくてもいいんだろう」

と、草永がやって来た。

「室田さんを待ってるのよ」

と言ったところへ、当の室田が戻って来る。

「いや、申し訳ないんですが、やはり急いで帰らにゃなりません。あなたの件は、明日、地元署の刑事が伺うそうですから」

「分りました」

「充分に用心して下さいよ」

と、室田は言った。

「僕がついています」

と、草永が真面目くさった顔で言う。

「また田村へ、戻りますか？」

「そのつもりです」

と文江は言った。

「じゃ、あちらでお目にかかれるでしょう。――何か、例の男のことで思い出したことがあれば、連絡して下さい」

室田が急ぎ足で行ってしまうと、文江と草永は、現場を離れて、夜の町を少し歩いた。

「――にぎやかね。この辺は、いつも」

「そうだな」

「人一人、死んでも、別に誰も気にしないんだわ」

文江は、少しこわばった声で言った。

「あんまり考え込むなよ」

「無理言わないでよ」

と、文江は食ってかかるような言い方をした。

「分った。でも、飲んで忘れようなんてのはやめた方がいいぜ」

「飲むもんですか」

文江は言った。「こんなときに酔えやしないわ。お金のむだよ」

「そうそう。それでいいんだ」

草永が文江の肩を抱いた。

「――分る？　私が帰郷したばっかりに、死ななくてもいい人が死んじゃったわ」

「うん……。しかし、君が殺したんじゃない。それを忘れるなよ」

「忘れちゃいないわ。だから憎らしいのよ、犯人が」

「あの男か、それとも坂東の奥さんか……」

「きっとあの男だと思うわ」

と、文江は言った。「あなたも首を絞められたら、そう思うわよ」

「――どこかへ行こうか？　今夜はずっと付き合うよ」

「そうね……」

文江は、ちょっと考えて、「ホテルもバーもお金がかかるわ。ベッドならマンションにあるんだから、マンションに帰りましょう」

「女は不思議だな」

と、草永は笑って、肩を抱く腕に力を入れた。

「――帰るのか？」

と、草永が言った。

毛布の下でまどろんでいた文江は、目をトロンとさせたまま、

「ここ、私のマンションよ」

と言った。

「違うよ。君のデンデン村のことさ」

文江は笑って、

「デンデン村か。――そうね、帰るわ。今度こそ、事件が片付くまで戻って来ない」

「心配だな」

「じゃ、ついて来てよ」

「いいとも」

文江は起き上った。

「冗談でしょ？」

「本気さ」

「会社は？」

「休暇を取る。——クビならクビでも、別に構やしない。何しろ、各社引張りダコだからね」

文江は草永にキスした。

「そうなったら、養ってあげるわね」

「失業保険があるさ」

と、草永は言った。

「いつまでもくれるわけじゃないのよ。——あら」

電話が鳴った。文江は裸の体にバスローブをはおって、ベッドから出た。

「はい、常石です」

「文江なの？　まだ起きてた？」

「あら、お母さん。こんな夜中に——。母からよ」

と、草永の方へ言う。

「どなたかいらっしゃるの？」

と公江が訊いて来る。

「ええ、恋人がいるの」

「あら、そうなの。かけ直す？　途中なら悪いから」

「お母さんたら――」

と、文江は笑った。

「今度紹介しておくれ」

「連れて行くわ。泊めてあげてね」

「いいよ。でも、部屋は別にしないと、うめがやかましいからね」

「そうね。――お母さん、聞いた？」

「坂東さんのことね。さっき白木さんが来て話してくれたよ」

「ひどいことになっちゃったわ。――奥さんの方、何ていう名だっけ？」

「坂東雪乃さんというのよ。行方が分らないんですって？」

「そうなの。まさかあの人が殺したとは思えないんだけど……」

「強い人だったけどね。――ああ、ところでね、こんな時間に悪いと思ったんだけど、お寺の方から、ぜひお前に顔を出してほしいって言われて」

「お寺？」

「何しろ、お前の葬式が済んでるだろ。お墓もあるしね。何とかしないと」

「あ、そうか」

なるほど、もう自分の墓があるわけだ。

「ちょっと早手回しね」

「私もまだしばらく使う気はないし。帰って来たら、顔を出しとくれ。和尚さんも会いたがってたからね。——え？　何？」

「どうしたの？」

「うめが来てるの、待って」

少し、モゴモゴという声がして、もう一度母の声がした。

「お客様なの。またかけるよ」

「こんな時間に？」

「そうなんだよ」

と、公江の声は、少し低くなっていた。「坂東雪乃さんだって」

汽笛が鳴った。

ホームへ降りると、草永が荷物を持ち直した。

「さあ、行こう」

文江は、改札口の方へ歩き出した。風の強い日だ。

「やあ、文江さん」

駅長の金子が、声をかけて来た。「この間は見違えてしまってね」

「ごぶさたしてます」

と文江は言った。

何だか妙だが、他に言いようもない。

「すっかり、いい娘さんになったね」

と、金子は言った。

言い方に、どこかぎこちないところがあるのは仕方あるまい。文江の帰郷と、それが引き起こした事件のことが、この狭い村の中に、知れ渡っていないはずはないのだ。

「お母さんがお待ちだよ」

と金子が言った。

駅の前に、公江が、うめと一緒に立っているのが見えた。

「――お母さん！　わざわざお出迎え？」

文江の声は弾んでいた。

「お前はどうせ荷物を彼氏に持たせてるんだろうと思ってね。やっぱり思った通りだわ。うめ、持っておあげ」

「あ、いや、大丈夫です」

と、草永があわてて言った。

「まあ、任せなさい」

と、うめが草永の手から荷物をもぎ取る。

文江が、草永を母に紹介した。

「まあ、いつも娘がお世話になって」

と公江は草永に言った。

「いえ、こちらこそ――」

「この子の相手は大変でしょう」

「何よ、お母さん、その言い方」

と、文江は苦笑した。

「さ、ともかく家へ参りましょう」

四人は村の中を歩き出した。

「――村が静かね」

と文江は言った。

奇妙に、人の姿が見えない。ひっそりとして、もちろん店などは開いているのだが、そこにも客の姿はあまりなかった。

「この二、三日、こんな風よ」

「どうして?」

「雪乃さんが帰って来たからでしょう」

文江は母の顔を見た。――マンションに、母から電話があったのが三日前である。

「あの後、結局どうなったの?」

と文江は訊いた。

「それがちょっと、妙な具合になってね」

公江は首を振って言った……。


公江が玄関へ出て行くと、坂東雪乃が、立っていた。

いや、一人の老婦人が立っていた、と言うべきだろう。

人の顔を憶えることには自信のある公江でも、その婦人が雪乃だということを納得するのに、しばらくかかった。

「――まあ、雪乃さん！　お久しぶりね」

公江は、静かに呼びかけた。

「ごぶさたいたしまして」

と雪乃は頭を下げた。

「お上りなさいよ、そんな所じゃ、話も――」

「いえ、すぐに失礼しますから」

「そんなことを言わないで……」

「いえ、本当に」

「そうですか」

公江は、上り口に座った。「うちの娘のために、とんでもないことになって、本当に申し訳ないと思っていますわ」

「いいえ、奥様」

と、雪乃は遮って、「とんでもないことでございます。うちの子は、お宅のお嬢様とはとても仲が良かったのですから」

「そうでしたね」

「あんなことになったのも、和也自身にも責任があります」

と、雪乃は言って、ちょっと目を伏せた。

「でも……」

「奥様」

と、雪乃は、真直ぐに公江を見つめた。

その視線は、公江ですら、一瞬たじろぐほど冷たく、そして異様な火で輝いていた。

「もうお聞き及びでしょう?」

公江は少し間を置いて、

「ご主人のことですね」

「そうです。主人は亡くなりました」

と雪乃は言った。

「お気の毒でしたね」

「いいんです。あの人はいわば自業自得ですから」

公江はいぶかしげに、

「どういう意味です？」

と訊いた。

「私は殺していません」

雪乃は言った。「それは信じて下さい。私はやっていません」

「信じていますよ、もちろん」

「ありがとうございます」

雪乃は、ホッとしたように言った。「この村で、私が信じられるのは奥様だけでございます」

「信じていてくれるなら、上って、ゆっくり話をしましょう」

「いいえ」

と、雪乃は首を振った。「これから用がございますので」

「こんな夜中に？　どこへ行こうというんです？」

「私の用は長くかかります。たぶん、何か月も」

「──その間、どこにいるつもりですか？」

「さあ……」

雪乃は、ちょっと笑みを浮かべた。「どこにでも。山の中、水の中、雪の中でも」

「そんな謎めいたことを言って──」

「決して、もったいぶっているわけではございませんの」

雪乃は一つ息をついて、「村の方々にお伝え下さいませんか」

「何と言えば？」

「村の方々から、お借りしたものを、近々、お返しにあがります、と」

雪乃の言い方には、何か、ねっとりと絡みつくような調子があった。

「それは、どういう意味ですか？」

と公江は膝を進めた。「――雪乃さん、妙な考えは捨てて下さいね」

「ご心配なく。決して、無茶はいたしませんから」

雪乃は、深々と頭を下げた。「では本日はこれで失礼いたします」

「雪乃さん――」

公江は呼びかけたが、もう雪乃は、玄関から出て行っていた。

「――じゃ、つまり」

と文江は言った。「雪乃さんは、息子の死の復讐に来たとでもいうの？」

「彼女の言葉をどう取るか、よ、それは」

と公江は言った。

「で、村の人たちが、引っ込んじゃってるんですか？」

　と、草永が訊いた。

「それに色々と尾ひれがついていてね」

「尾ひれ？」

「出て行った雪乃さんを私が追いかけて玄関から出ると、もうどこにも姿は見えなかった、ってことになってるの。つまり、まるでこの世の者じゃないように、ね」

「でも、どうして？」

「うめがね、みんなにそう話して回ったのよ」

　うめは、ヒョイと横を向いて、聞こえないふりをしている。文江は苦笑した。

「ともかく、そんなわけで、村は今、静まり返っているのよ」

「でも、まさか、そんな年寄りが村中をどうこうするわけがないと思いますがね」

　と、草永は言った。

「村の人たちも、多少後ろめたさは感じているのよ」

　と、文江は言った。「だから、そんな噂に怯えているんだわ」

「白木さんがあちこち駆け回って、雪乃さんがどこにいるのか、調べているけど、まだ分らないのよ」

「でも、こんな小さな村なのに……」

「妙な話ね、本当に」

　と、公江は肯いて、「うめがそばにいなかったら、私もあれが夢だったかと思うところよ」

村を抜けて、常石家へ向う。途中、閉ざしたままの、坂東の家の前で、何となく四人は立ち止った。

「ここがそうなのよ」

と、文江が言った。

「そうだろうと思ったよ」

と、草永が肯く。「今は誰の持物なんだい？」

「さあ。知らないわ」

そういえば、文江は、それを知らなかった。坂東夫婦のものだったら、売って行ったのではないか。

もちろん、今、村には雑貨屋があって、こんな村の外れで雑貨屋を開く人はないだろう。しかし、取り壊せば、立派に家の二軒は建つ広さである。

「――文江！」

と声がして、杉山百代が、赤ん坊を抱いて出て来た。「帰って来たの？　この前は、アッという間にいなくなっちゃうんだもの」

「ごめんね。東京での用を片付けてから、ゆっくり来ようと思って。――あ、こちら、ボーイフレンドの草永さん」

百代は草永を見て、

「やっぱり、スマートねえ！　うちの亭主なんか、もう禿げて来ちゃって」

と言ったので、みんな笑い出してしまった。文江は母に言った。

「少し先に行ってて。後から追いつくから」

草永と、公江、うめの三人が先に行ってしまうと、文江は、真顔になって、

「私のせいで、あなたにも迷惑かかってんじゃない？」

と訊いた。

「いいのよ、そんなこと」

「じゃ、やっぱり――？」

「いらないお節介を焼く人がいるわ。しばらく村を出てた方が安全だ、とかね。馬鹿らしいったらありゃしない！」

百代は赤ん坊を抱き直して、「私は亭主と二人の子供をかかえてるのよ。これで村を出てどこへ行けっていうのかしら？」

文江は微笑んだ。母親になると、こうも女は強くなるものだろうか？

「聞いてるでしょ、和也君のお母さんが――」

「うん。だけど、忙しくって怖がってる暇なんかないわ。それに恨まれる覚えもないしね。そりゃ私の証言が、和也君をあそこまで追いやるきっかけになったのは事実だけども、だけど、和也君だって、怪しまれるようなこと、してたわけだし……」

言葉とは裏腹に、やはり、怯えないまでも、かなり気にしている様子はよく分った。

「和也君は、私を殺していない代りに、やっぱり何かしていたのよ。それが何だったのか、調べたいの」

「でも、どうやって？」

「何とかするわ。昔から、やると言ったことは必ずやりとげたでしょ？」

「じゃ、探偵になるの？　凄いなあ！」

と百代は愉しげに言って、「私も仲間に入りたいけど、でも、コブつきじゃね」

「あなたを危い目にあわせるわけにはいかないわよ」

「ねえ、さっきの彼氏とは同棲中？」

「そうじゃないわ。別々よ。時々、お互いに行き来するだけ」

「でも、泊ってくんでしょ？」

「まあね」

「やるわね！　私なんか、初夜の晩まで娘のままよ。つまんないこと――」

百代は笑って言った。

少しも変っていない。文江は、百代の笑顔で、すっかり心が軽くなるのを感じた。

母たちの後を追って、文江は歩いて行った。――向うからバイクがやって来る。

「転ばないで下さい！」

と、文江は大声で言った。

室田刑事だったのだ。

「やあ！　お帰りですか！」

と室田が片手を上げた。

「危い！」

ドシン、とみごとにバイクはひっくり返った……。

9　沈黙の村

「——一応、坂東雪乃は、重要参考人として手配されています」

と、室田が言った。

常石家の居間である。うめがお茶を運んで来た。

「あの奥さんがご主人を殺すとは思えませんわ」

と、公江は言った。

「でも、ご主人が殺された時間には、まだ奥さんはあのアパートにいたのよ」

と文江がお茶をすすりながら言った。

「そうなんです。ただ、ああいう、年を召した婦人が、男を殺そうという場合、まず刃物で刺すとか、あまり強い力を必要としない方法を取るのが普通です。首を絞めてというのは、ちょっとひっかかるところなんですよ」

「酔い潰れていたら、どうですか?」

と、草永が訊く。

「その可能性はあります。しかし、あの部屋の中には、アルコール類の容器は一つもなかったです」

さすがに室田はちゃんと見ているのだ。

「坂東さんが、なぜ殺されたのか、不思議ですね」

と、公江が言った。

「そうなのです。いや、さすがにいい所に目をつけておられる」

どうやら、室田は女性をのせることにかけてはベテランらしい。「――坂東夫婦の暮しについては、色々と疑問が多いのです」

「まず、どこで生活費を得ていたか、ですね」

と文江が言った。

「そうです。地元の警察の調べで、毎月、坂東市之介の口座へ、金が振り込まれていたことが分りました。月に二十万です」

「二十万。――東京で暮すにはぎりぎりの収入ね」

「しかし、老人二人ですからね。誰が振り込んでいたのかは分りません。同じ東京都内の支店から入れられているんです」

「じゃ、東京の人が？　親類でもいたのかしら？」

「そうではないようです。少なくとも血縁関係のある者で、東京にいる者は、一人もいません」

「じゃ、誰が――」

「分りません。これは一つの謎です」

「ですが」

と、公江が言った。「毎月二十万円のお金といったら、決して少ない額ではありませんよ」

「そうなんです。ある程度、自分の生活にゆとりのある人でなくては、できないことでしょう」

草永が口を挟んで、

「しかし、二十万という額は、たとえば、口止め料とか、そういう類の金としては、多いとはいえませんね」

「口止め料ってどういうこと？」

「たとえば、の話さ。和也君の死に責任がある誰かが払っていたとすれば――」

「やはり、二十万という金額は、かなりゆとりのある人が、好意で送っていた、とみるべきでしょうね」

と、室田は言った。「もっとも、却って、それが良くなかったようですが」

「というと？」

と、公江が不思議そうに訊いた。

「坂東は働けば、まだ働ける体だったのに、まるで仕事を捜そうともしなかったのです。どうやら、七年の間に、すっかり人柄は変ってしまっていたようですよ」

「全くです。──まあ、妻の雪乃の方は、もともと地味な性格の女だったようですね」

「難しいものですね、人間というのは」

「そうです」

「ここへやって来て、なぜあんなことを言って行ったのでしょう？」

「さあ……」

「本当に、誰かに復讐するつもりなら、そんなことを匂わしたりはしないものですからね」

室田の言葉は、少し文江の気持を楽にしてくれた。

「でも、村の人たちは、びくびくしているようですわ」

と公江が言った。

「いつまでも続きはしませんよ。何日かたてば、人間の生活は元に戻ります」

室田の言葉に、公江は微笑んで、

「あなたは私とよく似た考え方をなさる人ですね」

と言った。

室田は照れて頭をかいた。

眠りに入りかけた文江は、ふと冷たい風に目を開いた。障子が開いている。――誰だろう？

エイッとばかり、布団に一気に起き上ると、

「ワッ！」

と、びっくりして草永がひっくり返る。

「何だ、あなただったの。声をかけりゃいいのに」

「だって……眠ってるかと思ったんだよ」

草永は、部屋へと這入って来て、「まだ十一時だぜ」

「こういう所に来ると、早寝早起きの習慣がつくわね」

「あの、うめって人、何時頃起きるんだ？」

「五時には起きるんじゃないかしら」

「五時！――じゃ、自分の部屋で寝なきゃだめだな」

「当り前よ」

「でも――その前なら大丈夫だろ？」

と、布団へ潜り込んで来る。

「私たち、新婚旅行に来てるわけじゃないのよ」

「分ってる」

「殺人事件の捜査なのよ」

「分ってる」

「それなのに──そんなことしてて──」

「分ってるってば」

草永の唇を、文江の唇が受け止めて、二人は抱き合った。──が、すぐに邪魔が入ることになっていた。

「──あの音は？」

と、体を起こしたのは、草永の方だった。

「え？」

「ほら──ジャンジャン鳴ってる」

「半鐘だわ。火事だわ、きっと！」

文江は飛び起きて、窓へと駆け寄った。

「見て！　村の方よ！」

都会と違って、本当の闇が続く夜の奥で、赤く、明るい一角があった。

「大変だわ！」

「行ってみよう」

草永は自分の部屋へと駆け戻った。

二人が服を着て一階へ降りて行くと、公江が出て来た。

「お母さん、火事?」

「そうらしいよ。駅の方だって。——行ってみてくれる?」

「いいわ。草永さん、行きましょう」

「よし。——燃え広がると危い」

「ここまでは来ないわよ」

と文江は言った。「でも村は危いわね」

村まで、二人は走った。文江も、若いつもりであるが、何しろ運動不足は如何ともしがたい。

途中で大分息切れがした。

「大丈夫かい?」

「平気——平気。こんなことで——へばってたまるかって!」

「無理すんなよ」

村外れまで来ると、子供を抱いた百代が、道に出ていた。

「百代! どうなの?」

「あ、文江。——何だか駅の向う側らしいのよ」

「駅の向う?」

と文江は訊き返した。「何もないじゃないの。倉庫ぐらいで」

「その倉庫らしいわ。今、消火しているところよ。主人も駆けつけて行ったけど」

「よし。行ってみよう」

文江は、草永の後を追って駆け出した。

駅の近くでは、村の人たちが総出で、火の様子を見守っていた。

「駅の向う側に、木造の倉庫があるの。それが燃えてるらしいわ」

と、文江は言った。「――大丈夫よ、ほら。大分火が弱まってるわ」

「残念。僕の出る幕がなかったか」

「何言ってるの。――それにしても変ね。あんな所から、どうして火が出るのかしら?」

「放火かな」

「まさか」

と反射的に言って、文江は、草永の顔を見た。「あの犯人が?」

「かもしれない」

二人が、村人たちから少し離れて立っていると、

「やあ、来ていたのかね」

と、やって来たのは、駅長の金子だ。

「どうしたんですか?」

「いや、分らん。そんな危い物は一つも入ってなかったはずなんだよ」

「じゃ、原因は分らなくて――」

「うん。どうも付け火じゃないかな」

「でも誰が？」

「子供が、坂東のとこの奥さんらしい女を見たとか言っとるんだが、ちょっと怪しい。しかし、村の連中は信じるかもしれないよ」

まずいな、と文江は思った。

こういう噂が、また一つの罪を作り出してしまう。

「でも、あの人は七年間、ここにいなかったわけでしょう。なぜ子供が顔を知ってるんです？」

と、草永が訊くと、金子は、ちょっと肩をすくめて、

「知らんね」

と言った。

金子が行ってしまうと、文江と草永は顔を見合わせた。

「――ああいういい加減なところが、悪いんだな」

「仕方ないわよ」

と文江は金子を見送って、「下手すれば、自分の責任になるでしょ。だから、ともかく、犯人を見付けないとね」

「なるほど。しかし、村の住人としても、犯人を外に捜したいんだろうな。その気持、

分るね」

「きっと、雪乃さんの仕業だって話が、アッという間に広がるわ」

と、文江は言った。

火は急速に衰えつつあって、村人も少しずつ家に戻り始めていた。


「おはよう」

食卓について、草永は言った。

「起こされた?」

「ああ、五分遅れたら、朝食がなくなる、とおどかされたよ」

文江は笑って、

「都会風の朝食にしてあげたわ。——さ、コーヒー。ゆうべは寝不足じゃない?」

「いや、そんなことないさ。仕事の忙しいときは、もっと睡眠時間が短いこともあるからね」

「へえ、意外と働き者なのね」

「意外と、ってことないだろ」

草永はトーストにかみついた。

「今日は、まず、ゆうべの火事のことを調べましょう。何か関係ありそうだわ」

「偶然にしては、ちょっとおかしいね」

「やっぱり放火の線ね。でもなぜ？」

「一種の象徴かもしれないぜ。村の人たちをおどかすための……」

「そうかなあ」

「そうでないとすると——」

と言いかけて、草永は、ふとコーヒーカップを持つ手を止めた。

「なあに？」

「もしかして、村の人たちが外へ出て来るように仕向けたのかもしれない。火事に気を取られている間に——」

「まさか、そんな！」

「しかし、他に何か考えられるかい？」

「分らないけど……」

文江は思い切りコーヒーを飲み干すと、立ち上った。「じゃ、村へ行ってみましょうよ！」

二人は、村への道を急いだ。

今日は風もない、穏やかな日で、まだ時間が早いせいもあって、爽やかな朝である。

しかし、二人は、そんな雰囲気を味わっている気分ではなかった。

「——ねえ」

「僕は村の人間じゃないから分らないな。でも、よほどのことがなければ——」

「本当に、坂東さんの奥さんが村の人に仕返しに来たんだと思う？」

「何だい？」

と文江が言った。


「見て！　白木さんよ」

白木巡査が、自転車を飛ばして来るのが見えた。

「——白木さん！　どうしたの？」

と、文江が声をかける。

「や、こりゃ文江さん」

と、白木が自転車を止めて、「えらいことになって……」

「ゆうべの火事のこと？」

「火事？　ああ、それもそうですがね、金子駅長が、死んだんですよ」

文江は、息を呑んだ。そして、思わず、草永の手を、しっかり握っていた。

10　焼跡の男たち

金子駅長が死んだ。

文江には、正に予想もできないことであった。

「金子さんが……。でも、ゆうべ火事のときに、会ったわよ」

「ええ、私ももちろん、あそこで会って話もしましたがね」

「でもなぜ――」

「どうやら睡眠薬の服み過ぎだったらしいんですわ」

と白木巡査は言った。

「すると自殺ですか？」

と草永が訊いた。

「さあ、それは……。何しろ、ついさっき、奥さんから届け出があったばかりでして。じゃ、急ぎますので――」

白木は、自転車にまたがって、文江の家の方へ向けて急いで行った。

「君の所へ行くのかな」

「そう。母に話しに行くんでしょ。何しろ、村の主みたいなものですからね」

「へえ、大したもんだな。――じゃ、どうする？」

「そうねえ。せっかく出て来たんだし、ともかく、火事の現場まで行ってみない？」

「そうするか」

二人は、また歩き出した。

「ところで、君のお母さんは別に村長さんってわけじゃないんだろ？」

「もちろんよ」

と、文江は笑った。「でも、新しく村長さんが決ると、必ず母のところへ、いかがでしょうか、っておうかがいをたてに来るのよ」

「へえ！　大したもんだなあ」

と、草永は目を丸くした。「拒否権があるのかい？」

「そんなんじゃないのよ。ただの習慣ね。別に、こんな人じゃだめ、なんて言ったことないんだもの」

二人は、坂東の、閉め切った家の前を通りかかった。杉山百代が、玄関の前をはいている。

「おはよう！」

と、文江が声をかけると、

「お揃いで散歩？」

と百代が冷やかす。

「そんなところ。――働き者になったじゃない、ずいぶん」

「昔からよ」

百代は笑って、言った。それから、少し声を低くして、

「ね、さっき白木さんが、えらい勢いで吹っ飛んでったけど、会った？」

と訊く。

「うん。――金子さんが亡くなったんですって」

百代は、一瞬ポカンとしていた。

「――駅長さんが？」

「そうらしいわ。私も今聞いてびっくりしたのよ」

百代は胸に手を当てて、目をつぶった。必死で息を鎮めているという格好である。

「どうしたの？」

と、文江が訊く。

「大丈夫。――ただ、びっくりして。文江ったら、少し予告ぐらいしてよ。『大変なことがあったのよ』とか。みんながみんな、文江ぐらい度胸があるとは限らないんだから」

文江は、チラッと草永の方を見た。――私ってそうなのかしら？　少し感受性が鈍くなってるのだろうか。

もっとも、都会の中で、一人の力で生き抜いて来るには、このあたりで暮すより、男勝りの度胸を必要とするのは事実である。

「ごめんね、百代」

「いいの。――ただ、金子さんは、私たちの結婚のときの媒酌人だったし……」

「そうだったの。知らなかったわ」

「どうして亡くなったの？　まさか――その――」

百代は、「殺されたの？」という問いを言外に含ませて、文江を見つめた。

「睡眠薬の飲みすぎですって。まだ詳しい事情は分ってないのよ」

「そう。でもともかく――急いでお悔みを言いに行かなくちゃ」

「それは少し落ち着いてからの方がいいよ」

と、草永が言った。「何しろまだ届けがあったばかりだっていうから」

「そうね。その方がいいわ」

と文江も肯いた。「どうせ村の人たちも、みんな行くでしょうからね」

「分ったわ。でも一応、いつでも行けるように仕度しておかなきゃ。主人にも知らせて、戻って来てもらうわ。じゃ、文江、また後でね」

百代は、そそくさと家の中へ姿を消した。

「――村の様子はどうかしら」

と、文江は言った。「きっともう知れ渡っているわよ」

「行ってみよう」

草永は、文江の肩を軽く抱いて、言った。

村は、異様なほど、静かだった。

人っ子一人、道に出ていない。まるで真夜中のように、戸が閉じられ、カーテンが引かれたままだった。

「――ゴーストタウンね、まるで」

と文江は歩きながら言った。

「いつもこんなに、朝は遅いのかい？」

「いいえ。——ずいぶん早くから開くのよ、どの店も。みんな中に閉じこもってるんだわ」

眠っているわけではないのだ。気を付けて見ていると、時々、カーテンが少し動いて、誰かの目がチラリと覗いている。

「——何だかいやなムード」

「よくこういうの、西部劇にあるぜ。よそ者が来ると、みんながそっと窓から覗いていて、突然、撃ち合いが始まる——」

「冗談じゃないわよ」

と文江はため息をついた。

幸い、鉄砲の弾は飛んで来なかった。

駅の前までやって来ると、庄司鉄男が、ホームにぼんやりと立っているのが目に入った。

「鉄男君」

と、文江が呼ぶと、

「わっ！」

と、鉄男が飛び上りそうになる。「あ——何だ、お嬢さんですか」

「何をそうびっくりしてるの？」

「いや——別に」

と、口ごもって、「一人だから、何だか……何かあったらどうしようって、わけ分んなくて……」

「あ、そうか。駅長さん、大変だったわねえ」

「ええ……」

鉄男は、何だかいやにソワソワして、落ち着きがなかった。

もちろん、駅長が急死して、見習の身で一人になってしまったのだから、心細いには違いあるまいが、当然、よそから応援もやって来るのだろうし、そう不安がるほどのこともないはずであった。

「——火事の方はどうなった？」

と、文江はホームへ入りながら、訊いた。

もちろん、入場券はいらないのである。

「え？」

と鉄男はキョトンとしている。

「昨夜の火事よ」

「ええ。——消えました」

「そりゃ分ってるけど。今は誰がいるの？」

「さあ。——さっきは県警の人が来てたみたいですよ。でももういないんじゃないかなあ……」

「ありがとう。行ってみるわ」

文江は、身軽にヒラリと線路に飛び降りた。

「行きましょう」

「よし！——君もやっぱり都会っ子じゃないね。その身軽さは」

草永が、よっこらしょ、という感じで降りて来る。

「線路に降りちゃいけないんだろ」

「めったに列車、来ないもの。——あっちよ」

と、文江は歩き出した。線路わきの土手を下りると、腰ほどもある草が生い茂っていて、その向うが少し小高い丘になっている。その丘の真中辺りに、ちょっとした建売住宅くらいの大きさの、木造の小屋がある。

いや、あった、と言うべきか。

今は、ほぼ右半分が焼け落ちて失くなっており、焼け残った部分も、真黒く焦げてしまっていた。

昨日焼けたばかりだというのに、何だか、ずっと昔の焼け跡みたいだった。もともとが古ぼけていたからだろう。

縄は一応張りめぐらしてあるが、別に警官の姿は見えない。

「呑気なもんだな田舎の警察は」

と草永が微笑した。

「人手がないのよ」

「あの駅員、知ってるのかい？」

「庄司鉄男っていって、まだ十八よ。だから、私がここを出たときは十一だったのね。どうも子供のイメージしかなくって」

「何か知ってるんじゃないかな」

文江は草永を見た。

「どういうこと？」

「いや、心ここにあらずって顔だったぜ。何かを知っていて、話そうか話すまいか、迷ってるんだ、きっと」

「そうね。――実は私もそんな印象を受けたの」

「気が合うね。さて、中へ入ってみようか」

「だめよ、ロープが張ってあるじゃないの」

「そうかい？」

と、草永はヒョイとロープをまたいで、「気が付かなかったよ」

と言った。

文江も笑って、ロープをまたいだ。

「――ここは何が入ってたんだい？」

「分らないわ。確か駅の付属の倉庫なのよ。だからきっと道具類とか、そういうものが……」

「中に入ったことはある？」

「そうね……。たぶん、小さい頃にはね。でも、はっきりした記憶はないわ」

「しかし……見ろよ」

と、草永は言った。「燃え残ってるものはガラクタばっかりだぜ」

本当にそうだった。古いベンチ、椅子、机、スコップ、シャベルの類、それに古い布団まである。

「あんまり中へ入らない方がいいんじゃない？」

「うん。後で調査があるだろうからね」

二人は、残った半分の方へと二、三歩入った所で、足を止めた。

さすがに、少し鼻をつくような臭いが立ち上って来る。

「放火かしら？」

「こんな所、火の気はなさそうだものな」

「でもなぜ……」

「さっき言ったように、ここへ村の人たちの注意をひきつけるためか、でなければ――」

と草永は中を見回して、「ここに、焼いてしまいたい何かがあったのか、だな」

「何か……。でも、こんな所に何を置いておくかしら？」

「正に、こんな所、だからさ。――誰もこんなガラクタ置場に大切な物があるとは思わないだろうからね」

「鍵はかかってたはずよ」

「誰が開けられたんだろう？」

「たぶん……駅長さんだわ」

文江と草永は顔を見合わせた。

「当然、その辺は警察も調べるだろうけど」

と草永は言った。

メリメリ、と、どこかで音がした。

「――あれ、何の音？」

「さあ。板が折れるような……」

と言いかけて、草永は、バラバラと、木片が降って来るのに気付いた。

二人は、焼け残った屋根の端の方の真下に立っていた。ギーッという、きしむ音とともに、屋根が落ちて来た。

「危い！」

草永は、文江を抱きかかえるようにして、逃れた。燃えて落ちた木材に足を取られて、二人は、濡れた灰の中へ転倒した。

　しかし、崩れ落ちて来た屋根の下敷にはならずに済んだ。叩きつけるような音の後に、もうもうと灰が舞い上った。

「大丈夫……かい？」

　草永は、むせ返りながら言った。

「ええ。——ああ、びっくりした」

　文江も灰を吸って咳込んだ。

「けがはない？」

「何とか無事みたい。——ああ、ひどいわ、真っ黒」

　灰やすすが水で溶ければ、正に黒いペンキみたいなものである。その中へまともに転り込んだのだから、ひどいことになる。

　顔まで黒い汁が飛んで、文江は泣きたくなって来た。

「しかし、あの下敷きになることを思えば、まだしもだよ。——さあ、立って」

　文江は、草永の手につかまって、立ち上った。

「危かったわね」

「全くだ。しかし、あの音は、自然に折れる音にしては、ちょっと変だったな」

「どういうこと？」

「つまりもしかしたら、誰かが——」

　と、草永が言いかけたとき、

「見て！」

と、文江は草永の腕をつかんだ。

男が三人、ロープをまたいで、入って来た。

どの男も、ジャンパーにジーパンというスタイルで、若いようだった。ようだったというのは、みんな、お面をつけていたからである。

よく縁日で売っているような、ヒョットコ、オカメの面である。それが却って無気味に見えた。

手に手に、バットや棒をつかんでいる。

「何だ、君たちは」

と、草永が言った。

「村を出て行け！」

と、面の下から、くぐもった声がした。

「お前らのおかげで、人が死んだんだ！」

「そうだ！　とっとと出て行かねえと、叩き出してやる！」

村の青年たちらしい、と文江は思った。

「あの屋根を落としたのも君たちだな」

「ああ」

「下手すれば、殺人未遂だぞ」

身構えた。

「いい加減にしなさい！」

文江の声が空気をビリビリと震わせるように響き渡って、三人はギョッとしたように

三人の男たちが、一歩進んで来る。文江は後ずさりしたいのを、ぐっとこらえた。

「そうだ！」

「構うこっちゃねえ。村のためだ」

文江は、ゆっくりと三人を見回して、

「私は常石文江よ。常石家の娘に乱暴しようというのね？」

「関係ねえ！」

「そう。じゃ、あなた方のお父さんにでも、私を殴り殺して来たと自慢してごらんなさい。あなた方が殴りつけられるでしょうよ」

文江は、きっと三人を見据えた。「やれるもんならやってごらん！」

三人は、明らかにひるんでいた。文江がぐいと前に出ると、あわてて後ずさりする。

「こ、怖かねえぞ！　こんな小娘、裸にむいてやりゃ、泣いてわめき出すに決ってらあ！」

「そう思うならやってごらんなさい」

文江は、抑えつけるような声で言った。「あんたたちの指一本は、かみ切ってみせるからね」

文江は、常石家の娘に戻っていた。そこには、一種近寄りがたい、威厳のようなものがあって、見えない壁を、男たちの前に立てているようだった。

「――畜生、今に見てやがれ！」

一人が叫んで駆け出すと、後の二人も、あわてて走り去って行った。

――文江は、体中で息を吐き出した。

「驚いたな」

草永はホッと息をついて、「君が急に倍も大きくなったように見えたぜ」

「やめてよ」

文江はムッとしたように顔をしかめて、「もう常石家とは縁を切ったつもりでいたのに……」

と呟くように言った。

「母には内緒よ。きっと見たら喜ぶでしょうからね」

バタバタと足音がした。

「お嬢さん！　どうかしたんですか？」

庄司鉄男である。

「大丈夫。ちょっと転んだだけよ」

「でも凄い音がして……。屋根が落ちたんですね！」

「そうなの。――駅の方はいいの？」

「ええ。今、一本行ったところです。すぐに駆けつけたかったんだけど、ちょうど列車が来て、離れられなくて」

「いいのよ。心配してくれてありがとう」

「けがはありませんか？　何なら俺んとこで顔でも洗ったら……」

「そうね。でも、駅はいいの？」

「一時間しないと次の列車、来ないですからね」

「鉄男君の家はその線路のわきだったわね」

「ええ、ボロ家ですけど、お袋はまだ元気にしてますから」

「じゃ、ちょっと寄らせていただこうかしら。家まで帰るにも、この格好じゃね」

と文江は言った。

鉄男が先に立って、線路沿いの道を走って行く。——少しポツンと離れて、小さな古びた家が建っていた。

「父親はいないのかい？」

と、歩きながら、草永は訊いた。

「しっ。鉄男君のお母さんはね、いわば未婚の母なのよ」

「へえ」

「かなり村の人からは冷たく見られていたけど、ついに父親が誰なのか、言わなかったの。今じゃ、ごく普通に村の人とも付き合っているけど、やっぱり家は外れにあるでしよ」

「うん。──厳しいもんだね」

「でも、鉄男君はいい子でね、ひねくれてもいないし。さ、あなたも顔を洗ったら？」

「そうするか」

二人は、小さな家の玄関を、くぐるようにして入った。実際は四十代なのだろうが、もう五十過ぎに見える母親が出て来て、

「まあ、常石様のお嬢様！」

と、頭を下げる。「お帰りと聞いて、喜んでおりました」

「お久しぶりね、おばさん。鉄男君も、すっかり大人になって」

「いいえ、まだヒヨッ子で。──そちらの方は？」

「私の婚約者なの。草永さん。──悪いけど火事場を見物していて、転んじゃったの。ちょっと手と顔を洗わせてくれる？」

「どうぞどうぞ。──お風呂へ入られては？　すぐに沸きますので。何しろ小さい湯舟ですから」

「あら、でもそんなことまで──」

「構いませんですよ。さあ、早くお上りになって。汚れたっていいです、どうせ古い畳ですから。──ともかく、そのコートを──。今、お湯をくんできますから──」

あわただしく動き回る、鉄男の母を見ていた草永は、そっと文江に言った。

「やっぱり君は、常石家のお嬢さんなんだよ」

11　深夜の逢引き

文江と草永は、言われるままに、風呂をつかって、さっぱりして上った。

もちろん別々に入ったのである。一緒に入ろうにも、風呂場が狭くてとても無理であったが。

「——さあ、熱いお茶でも、どうぞ」

「ありがとう。助かったわ」

文江はお茶をすすって、「鉄男君は？」

「今、列車が来るからと言って出て行きました。また戻って来るでしょ」

「いいわねえ、のんびりしていて」

と、文江は言った。「それはそうと、金子さんはお気の毒だったわね」

「ええ。——色々と私にも親切にしていただいてましたけど。今夜、お通夜とか、さっき知らせがありました」

「そう。——話は聞いた？」

「薬ののみ過ぎとか」

「そうらしいわね。でも、金子さん、どうして睡眠薬なんか……」

「それは——」

と、鉄男の母は少し声を低くして、「まだみんな知らないことなんですけど」

と言い出した。

「なあに?」

「金子さんは、体を悪くしておられたんですよ」

「体を?」

「ええ。もう一年ももたないかもしれないって……」

「まあ」

文江は目を見張った。「それじゃ、そのせいで薬を?」

「痛み止めだったんじゃないでしょうか。眠れないくらい痛むことがあったらしいですわ」

文江の、想像もしていない話だった。

「その話を、どこから聞いて来たんですか?」

と、草永が訊いた。

「金子さん、ご本人からです」

「本人が言ったんですか」

「——駅長さんは、よくここへ息抜きにみえてましたね。村の方へ行って休憩するわけにもいきませんでしょう。ここなら、村の人の目にもつかないし」

「そうね。で、そのときに話を？」

「はい。ほんの……一か月くらい前でしたかね」

文江は肯いた。

鉄男の母に金子がそんなことまで打ちあけたというのは、ちょっと奇妙な感じがするかもしれないが、文江にはよく分る。

鉄男の母は、他の村人たちと違って、噂話の輪に加わって、ペチャクチャとおしゃべりをするようなことがないのである。

自分自身が、そういう中傷の的になっていた経験があるからだろうが、実際、公江も、いつか、

「村で一番秘密の守れる人といったら、庄司さんだよ」

と言っていたことがある。

だから、村の奥さんたちも、人に知られて都合の悪いような相談を、ときどき、こっそりとここへ持ち込んでいるらしかった。

たとえば、夫が留守の間に、子供ができてしまった奥さんが、医者へ行く間、ここにいたことにしてくれ、とアリバイ作りを頼みに来る、ということもあったらしい。

鉄男の母から見れば、ずいぶん勝手な話だと腹が立ちそうなものだが、そこは快く引

き受けて、その積み重ねで、自然、村の人たちも、彼女を受け容れざるを得ないようになって行ったのだった。

　だから、駅に近いこの家に、金子が来ていたとしても、不思議はない。

「じゃあ、自殺したという可能性もあるわけね」

　と、文江は言った。

「さて……それはどうでしょうか。責任感はとても強い方でしたけど」

　すると事故か。――それとも殺人か、だが……。

「――やあ、さっぱりしましたか」

　と、鉄男が入って来る。

「お前、さぼってばかりいちゃ、すぐにクビになるよ」

「平気さ。手伝いの人は明日来るって、今電話があったんだ」

　鉄男は帽子を取って、座り込んだ。「何か甘いもんないか？」

「お前はもう……。いいとしして、大福とかマンジュウばかり食っとるんですよ」

「いいじゃないか。そう太っとらんし」

「当り前だよ。そのとしで太ったらどうするんだね。――さ、おせんべいでもかじってなさい」

　鉄男は渋々と、アラレをつまんだ。

「――お嬢さん、七年前のことを調べに帰って来たって、本当ですか？」

「そんなこと、誰が？」

「村の若いのが、みんなそう言ってましたけど――」

「お面をかぶって？」

「え？　何です？」

「ううん、こっちの話。――私もね、多少責任を感じてるのよ。坂東和也君があんなことになって……」

「お嬢様のせいではございませんよ」

と、鉄男の母は言った。「人間の力ではどうにもならないことというのがございますからね」

「そう言われると余計に辛いわ」

と、文江は言った。「それに、私が戻って来たせいで、こんな騒ぎをひき起こしてしまって」

「この世で起きたことは、この世で清算しなくてはならないんでございますから、仕方ありませんですよ」

「母さんのお得意が始まった」

と、鉄男が笑った。

「こら！　人をからかってるヒマがあったら、仕事をしておいで！」

「へーい。おおこわ」

と首をすぼめる。

「ここは線路に近いし、駅の方も見通せますね」

と、草永は言った。「ゆうべの火事騒ぎのとき、何か気が付いたことはありませんか?」

「私はぐっすり眠っちまうものですからね。——鉄男、お前は、何か聞いたかい?」

「いやぁ……別に……」

と、鉄男が、曖昧な返事をすると、

「隠してることがあるね。言ってごらん」

と母親が、逆らい難い威厳を持って、言った。

「そうだな……。でも、俺もはっきり分らねえんだよ」

「ともかく聞かせてくれないか」

「はあ。——ゆうべ、母さんが寝ちまってから、俺、ちょっと出かけたんだ。その——散歩したくなって」

「バーに行ったんだろ」

と母親がにらんで、「隣の町のバーに年中行ってるんですよ、十八のくせに」

鉄男は咳払いして、

「で、まあ……十時頃だったかな、家を出て、でも向うの店が一杯でさ。何だか、どこかの宴会の流れたのが、ドッと来てたもんで、ちっとも面白くないんだ」

「そりゃそうね」

「で、面白くねえから、帰って来たんですよ。こっちへ着いたのは——十時四十分か、そんなもんだと思うけど」

「ずいぶん細かく憶えてるんだね」

と、草永が言った。

「ええ。うちのお袋、十一時半には必ず手洗いに起きて来るんで、その前に着いてないとまずいでしょ。だから、時計をちゃんと見てるんです」

「そんなこと、どうだっていいよ」

と、母親が苦笑いする。

「で、隣の町からの道は、ずっと線路沿いなんです。明りも何もないけど、慣れてるから平気なもんで……。それで、駅が見える辺りまで歩いて来ると、誰かが、ホームを歩いてるのが見えたんです」

「誰だったの？」

「それは遠くて。——それにぼんやり、影になって見えただけなんですよ」

「それから、どうした？」

「ちょっと気になりましてね。誰かな、と思って……」

その人影は、ホームを、行きつ戻りつしているようだった。

鉄男は、足を止めて、線路ぎわの茂みに、腰をかがめて、様子をうかがっていた。

田舎の夜は、暗く、そして静かである。虫の声が、どこからともなく、聞こえていた。

あまり近付くと、身を隠すところがない。鉄男は、じっと暗がりの中へ、目をこらしたが、その人影が誰なのか、分らなかった。

ただ、体つきや、足が二本、ちゃんと分れて見えたので、男らしいということぐらいは分った。

大女がズボンをはいてりゃ、同じようなものかもしれなかったが、彼としては、そこまで考えてはみなかった。

その男は——一応、男として——かなり苛立っているように見えた。

何度も腕時計を見ていたし、足で、何度もホームをけとばしたりしている。

そうして、十分近くも見ていただろうか？　村の方から、一つの灯が近づいて来たのである。——小さなライト。音がしない。

自転車である。

その小さな光は、駅前で停ると、消えた。白っぽい影が、駅の中へ入って行った。

女だった。白っぽいスカートが、急いでいたせいか、フワリと広がったので、よく分った。

二人が、ホームの上で何か低い声で話をしていた。もちろん、鉄男には聞き取れない。

誰の声かも分らなかった。

二人は、ホームから線路に降りた。

まず男の方が降りて、女を抱きかかえるようにして降ろした。

二つの影は、線路の反対側へと渡って、土手から降りて見えなくなった。

鉄男は、どうしようかと迷っていた。

さっさと帰って寝ちまえ、というのが、正論だったが、しかし、駅員として、怪しげな人物が勝手にホームへ入りこんだりするのを、放っておいていいのか、とも思った。

正直に言うと、あの二人が逢引きに来たのは間違いないと思ったので、ちょっと覗いてやろうか、と思ったのである。

——迷ったのは、実際にはほんの十秒ほどで、鉄男は茂みから出ると、土手を上って、線路を横切り、あの二人の後を追った。

どこへ行ったのか、大体の見当はついている。——あの古びた倉庫である。

お年寄たちは知らなかったが、あの倉庫は、今や恋人たちの秘密の場所の一つになっていたのである。

もちろん、高級ホテル並とはいかなかったが、中へ入ると、古い布団もあり、それに人家が近くにないから、見付かる心配はまずない。

それに、何といってもタダであった。

鉄男は、線路を渡って、反対側の土手を降りた。そのときに、倉庫の方へ向って丘を上って行く白っぽい姿を、チラリと目にした。

だが、鉄男の方も、足下に気を付けて歩かなくてはならないので、ずっとその方を見ているわけにはいかない。

ともあれ、行先は分っているのである。あわてることはない。

却って、急いで覗くと、向うがまだ仕度中で、気付かれることもある。

一旦夢中になってしまえば、まずそんなことはないのだ。ゆっくり行った方がいい……。

鉄男はのんびりと茂みをかき分けて行くと、足音が聞こえないように、丘の、少し離れたところを、辿って行った。

倉庫は、何の変りもないように立っている。

扉には、鍵がかかっているのだが、これが古くなっていて、強く叩くと簡単に外れるのである。

だが、そばへ来て、鉄男は戸惑った。——鍵が、かかったままなのである。

どうなってるんだ？

鉄男は倉庫の裏側へと回った。ここに、ちょうど覗くのに格好の割れ目がある。

鉄男は、そこへ目を当ててみた。——中はもちろん暗いが、古くなって、方々の板が少しずつ裂けているので、光が洩れ入ると、中がぼんやり見えて来るのである。

しばらく目をこらしていると、中の様子が目に入って来た。——何だかおかしかった。

あの二人の姿はない。それだけでなく、色々積み上げてあったガラクタが、見えないのだ。

もちろん、そこから見えるのは、倉庫の中のごく一部だが、それにしても、前に見たときは、床一杯に、ほとんどガラクタが転がっていたものである。

それが今は、きれいに片付けられている。——一体誰がそんなことをしたのか？

二人で寝るために布団を敷くにしても、これはちょっとおかしい。あんなに広く開けなくたって充分場所はある。

それに、あの二人はどこへ行ったのだろう？

ちょっと薄気味が悪くなって、鉄男は、覗いていた割れ目から目を離した。

周囲を見回す。——どこかから、見られているような、そんな気がしたのである。

鉄男は、あわてて、倉庫のわきを回って、丘を駆け降りた。

茂みを抜け、土手を上って、線路を越える。ホーム、改札口を抜け、やっと足を止めた。息を弾ませて、家へと向う。

玄関の戸を開けようとしたとき、何となく、振り向いてみた。

目を見張った。——あの倉庫が、赤く炎を上げて燃え始めていたのだ。

「じゃ、半鐘を鳴らしたのは、あなた？」

「ええ、俺です」

と、鉄男は言った。

「全く、お前はそんな恥ずかしい真似をしてたのかい！」

母親ににらまれて、鉄男は小さくなっている。

「まあ、お母さん、若い人なら当然のことですよ」

と、草永が取りなすように言った。

「鉄男君の話で、あの扉の鍵が簡単に開けられるものだってことが分ったわね。それはみんな知ってるの？」

「若い者なら、たいていは」

と肯いて、「隣の町からも来るぐらいですから」

「出張か。ご苦労だな」

と、草永は笑った。

「そして、中がきれいになってたのね。それはどういう意味なのかしら？」

「分らないな。そのときは誰も中に入っていなかったんだとすると……」

「ねえ、鉄男君」

と、文江が言った。「今の話、警察の人には？」

「まだ何も訊かれてないんで」

「でも、話した方がいいわ」

「ええ……」

と鉄男は頭をかいている。

いざ、相手が警察となると、やはり気が重いのだろう。

そのとき、

「失礼――」

と玄関の戸がガラガラと開いた。「県警の者ですが」

「あら、室田さん」

文江を見て、室田は目を見張った。

「いや、これは先を越されましたな」

「全く、呑気なもんだ」

焼跡の前に立って、室田は首を振った。

「これで雨でも降ったら、証拠はオジャンなのに……。早速、県警から人をよこしましょう」

「何かここにあったんでしょうか？」

と、文江は言った。

「何とも言えませんね。――灰を調べれば、何かつかめるかもしれないが」

「その灰をめちゃくちゃにしてしまって、すみません」

と、文江は照れたように言った。

「いや、ともかく無事で良かった。——その連中のこと、調べさせますか？」

「いいえ」

と文江は首を振った。「そんなことをすれば、ますます村の人たちの反感を買うでしょう」

「かもしれませんな」

と、室田は肯いて、「それにしても、あまり勝手に動き回ると、危いですよ。といったって、気が変るような方ではありませんね」

「そりゃそうです」

と、草永が言った。「何しろ、常石家の誇り高き令嬢ですから」

「何よ！」

と、文江がにらみつける。

「お手やわらかに」

と、草永がおどけた。「——どうでしょうね、刑事さん。ここへ度々、恋人たちが来ていることは、大人の人たちは知らなかった。つまり、ここに何かを隠している人間がいるとしたら、その人間は、まさか見付けられるはずはないと安心し切っていたでしょう」

「その点は同感です」

と、室田が肯く。

「ところが若いカップルが、しばしばここへ来ていたわけね。そして――それを見付けた……のかしら？」

「見付けたとしても、不思議はないね。しかし、もしそれが七年前の事件のことに関する何かだったとしたら、そんな若い人たちには、それが何を意味していたか、分るまい」

「そうね。でも、私が帰って来たことで、あの事件のことが、また口に上るようになり――」

「それを聞いて、誰かが、それに気付いたのかもしれない」

「というより、隠した誰かが、発見される危険を感じたというべきですかな」

と室田が言った。

「だから火を点けた……」

「考えられます」

と肯く。

そのとき、誰かが走って来る足音を、文江は耳にして振り向いた。

12　薬

走って来たのは、白木巡査だった。

「こちらでしたか！」

とハアハア喘いで、「いや、息が切れて——もうトシですな」

「何かあったのか？」

と、室田が訊くと、

「あ、そうでした。本部から電話が入っておりまして」

「ありがとう。すぐ行く」

「では——」

と、白木巡査は、また走って行ってしまった。

室田は、文江、草永と一緒に、戻りながら、言った。

「あの庄司鉄男の話は面白いですな」

「その男女って、誰だったんでしょう？」

「しかも、あの倉庫へ入らなかったというのが愉快です。一体何の目的で、あの倉庫の方へ行ったのか」

「つけられているのに気付いたのかな」

　と草永は言って、「しかし、どうでしょうね、僕がちょっと気になったのは、火が出るまでの時間なんです」

「時間って？」

　と文江が訊く。

「鉄男君の話だと、あの倉庫から、家へ戻るまでの間に、犯人は、倉庫へ入り、火を点けた。そして、火が、遠くからも見えるくらいに燃え上ったってわけだろう」

「そうか。そんな短時間にね」

「どうでしょうね、刑事さん？」

「さあ、ああいう木造の倉庫ですからね、至って簡単に火は回ったでしょうが……」

　室田は言った。「私が気になっているのは、むしろ逆なんです」

「というと？」

　文江が室田を見た。

「つまり、なぜ、あの倉庫は燃え尽きなかったのか、ということです」

　室田の言葉に、文江と草永は顔を見合わせた……。

「ああ、お帰り」

公江が、縁側で縫い物をしていた。

「ただいま。――遅くなっちゃった」

「うめが、またいなくなったって騒いでたわよ」

「行方不明にされそうね」

と文江は笑った。

「――金子さんが亡くなったのは、聞いたろう？」

「うん。それで、駅まで行ってたの。庄司さんに久しぶりに会って話して来たわ」

「ああ、それは良かったね。変らないだろう、あの人は」

「本当ね」

「この村で、変らないのは、あの人ぐらいだろうからね」

「それとお母さん、でしょ」

「私も老けたよ。めっきり疲れやすくなったしね」

と、公江は言った。「――孫の面倒をみさせるつもりなら、私が元気のある間にしておくれ」

「当分、お母さんは大丈夫よ」

「七年前とは違うよ」

と公江は微笑んだ。「それはそうと、お寺の方に顔を出しておくれ。色々、手続きがあるらしいよ」

「うん。でも大変じゃないの。金子さん亡くなって」

「ああ、そうだねえ。じゃ、お通夜のときにでも、きっと何かおっしゃるよ」

文江は畳に寝転がった。

「お腹空いたな。——ね、こうしていると、パッと食べるものが出て来る光景ってこたえられないね。一人でいると、つくづく思うわ」

「お前らしくもないよ、弱音を吐いて」

「弱音じゃないわ。素直な感想よ。それでも、一人でいることには、代えがたい良さがあるのよ」

「——奥様、お食事の——あら、お嬢様、お帰りでしたか」

「私の分も何か作ってよ。何でもいいから」

「用意してございます」

と、うめは、得たりとばかり、にっこり笑った。

昼食の後、文江は二階に上って、窓から、ぼんやりと外を眺めていた。

「——何してるんだ？」

と、草永がやって来る。

「考えてるの」

「何を？」

「帰っては来たものの、私に何ができるのかって」

「君らしくもないね」

「違うの。弱気になってるんじゃないのよ。ただ——却って、悪いことばかり巻き起こしてるような気がするの」

「さっきの連中のことが気になるの？」

「まさか。——いえ、多少はそうかもしれない」

と、文江は肯いた。「でも、金子さんの死は必ずしも、私のこととは関係ないかもしれないでしょ」

「それはそうだよ」

「でも村の人はどう思うか。私のことをどう思われたって、それは平気よ。でも、連鎖反応のように、またそこから何かが起こるとしたら……」

「ねえ、忘れるなよ」

と、草永は言った。「七年前、村の人たちは、一人の若者を死に追いやった。そして、その責任は、今まで追及されずに来たんだ」

「でも——」

「まあ待てよ。それに、坂東が殺されている。これは君が動き出したことと関係があるだろう。でも君が殺したんじゃない。いいかい。あの老人の首に紐を巻きつけて、絞めた犯人がいるんだ」

「ええ」

「そんな残忍な人間のやったことに、君が責任を感じる必要はない。そうだろう？」

「そうね……」

文江は肯いた。

「治療には薬がいる。そして、それには、どうしても多少の副作用がつきものだよ」

文江は、草永の目を見て、軽く息をついた。

「ありがとう。気が軽くなったわ」

「僕は気を軽くする名人だからね」

文江はかがみ込んで、草永にキスした。

エヘン、と咳払いが聞こえて、二人はあわてて離れた。うめが、澄ました顔で座っていた。

「室田様がおみえです」

——降りて行くと、室田が、玄関先でぶらついている。

「室田さん。——上りません？」

「いや、お誘いに来たんですよ」

と室田は言った。

「え？」

「これから、金子駅長の家へ行きますので、いかがですか？」

「でも——いいんですか?」

「もちろん。そのために来たんです。いや、実のところ、私はこの村ではよそ者ですからね。ぜひ一緒に行っていただきたい、というわけで」

文江は、室田の心づかいが嬉しかった。

本来なら、公の捜査に、自分のような部外者を連れて行ってくれるはずがない。それを文江に負担にならないような言い方さえしてくれる。

文江は、その親切に甘えることにした。

「すぐ仕度して来ます」

ここは、草永が遠慮して、文江と室田、二人で行くことになった。

文江は、グレーのスーツにした。通夜の席というわけではないから、黒では却っておかしいだろう。

金子の家では、あわただしい様子で、近所の人たちが動き回っている。

室田が来意を告げると、すぐに、金子の未亡人が出て来た。

文江は、もちろん久しぶりに見るのだったが、印象が変ったのに、ちょっとびっくりした。

前は、少し太り気味の、おっとりしたおばさんタイプだったのだが、ずいぶんやせて、少しきつい感じになった。

ただ年齢のせい、というわけでもなさそうである。

「まあ、常石さんの——」

「お久しぶりです。この度は、本当に——」

と、言いかけるのを、

「まあ、どうぞお上り下さい」

と、夫人は遮った。

室田と文江は、奥の座敷に通されて、五、六分待たされた。

「——突然だったもので、もう、どうしていいのか分りません」

と、夫人は入って来て言った。

室田は自己紹介した後、すぐに質問に入った。

「はい。主人はガンで、もう半年ぐらいだろうと聞かされておりました」

夫人——金子正江は、肯いて、言った。「主人も知っておりました」

「それは、何となく察しておられたという意味ですか？」

「いいえ、お医者様から、直接うかがっていたのです」

「それは珍しいですね」

と室田は言った。「普通、患者には告げないものでしょう」

「実は、たまたま、聞いてしまったんですの。お医者様が私に話すのを。——で、お医者様も仕方なく……」

「なるほど。睡眠薬をお使いになり始めたのは、その頃ですか？」

「もう少し前でした。多少、痛みがあって、眠れないことがあったようです」

「そして、診断を聞いてからは毎日？」

「はい」

「いつも何錠飲んでおられました？」

「二錠です。それ以上は禁じられていましたので」

「すると、昨夜は……」

「あの火事騒ぎがあったときには、まだ起きておりまして、すぐ飛んで行きました。——外の寒さも応えたようですわ」

「お戻りになって、どんな様子でした？」

「そうですね。——疲れていた、といいますか……」

「何か、おっしゃっていましたか？」

「はあ」

少し間を置いて、金子正江は言った。「俺も充分働いたな、と申しまして……」

充分に、働いた。——いかにも、自殺しようという人間の言葉にふさわしい、と文江は思った。

しかし、少しふさわし過ぎるような気もする……。

「その後は何を？」

「はい。薬を飲んで寝るから、と申して……」

「薬のことを、わざわざ言われたんですか」

「たぶん、いつもは私が用意していたから、今日は自分でやる、という意味だったんだと思います」

「それで、おやすみになったのは、何時頃でした？」

「火事騒ぎが、あれこれ長引きまして……。もう一時近かったと思いますが」

「失礼ですが、おやすみになる部屋は別々でいらっしゃる？」

「はい。何しろ主人は仕事柄、朝が早いものですから。主人の方から別にしてくれと言われたのです」

「なるほど。分りました。そしてそのままおやすみになった……」

「はい。で、今朝、私がいつも通り、七時過ぎに目を覚ましてみますと、いつもなら、もう出かけている主人が寝ているのです。昨夜の疲れのせいかしらと思って、少しそのままにしておきました。一応、庄司さんの所の息子さんもいることですし……」

「当然でしょうね、それは」

「でも、七時半になっても起きて来ないので、ちょっと気になりまして。後で、起こさなかったと叱られそうですから、行ってみたのです」

「で、様子がおかしいというので、連絡なさったわけですね」

「お医者様にすぐ来ていただいて……。でも、もう大分前にこと切れている、と言われたんです」

「その医者というのは？」

「宮里先生でしょう？」

と、文江が訊いた。

「そうですわ」

「ここでは一番古くて、親しまれている先生です」

と、文江が、室田に説明した。「私も、ずっとお世話になっていました」

「なるほど。――で、奥さん、そのときに、薬のことに、気付かれましたか？」

「はあ……」

金子正江は、ちょっとためらって、「実は良く分りませんの。もう――何といいましょうか、頭に血が上って、ポーッとなってしまって」

「それは無理ありませんよ」

と、室田が例によって同情心溢れた声で言った。

「それで、その後、宮里先生が、『これは一応警察へ届けなくてはならん』とおっしゃったんです。変死ということで。――それで、初めて薬のことに気が付きました」

「薬が減っていた？」

「たぶん……。はっきりどれだけとは申し上げられないんですけど、少なくとも見た感じでは、大分減っていたようですの」

「なるほど」

と室田は肯いた。

少し沈黙があった。

「あの——」

金子正江は室田の顔を見ながら、「主人の遺体はどうなりますでしょうか？」

と訊いた。

「あ、その件ですか。いや——どうなっているか、私は報告を受けとらんのですが。早速調べて、お知らせします」

「どうぞよろしく」

と、正江は頭を下げた。「——お分りとは思いますけれど、こういう所では、警察で調べがあったというだけで、色々と言われるものですから」

「ああ、そうでしょうな。よく分ります」

「今夜、通夜の予定なのですが……」

「そうか。分りました。早急に連絡を取ってみましょう」

室田は、立ち上る様子を見せてから、「お子さんはいらっしゃらないんですか」

と訊いた。

「はあ……。うちには一人も」

と正江は答えた。

「そうですか。どうぞお気を落とされないように」

室田は丁重に言って、立ち上った。

金子の家を出て、少し歩いてから、室田は文江に言った。

「どう思いました？」

「さあ……。室田さんは何か？」

「睡眠薬というのは、少々飲み過ぎたって、死ぬようなもんじゃありませんよ」

「それじゃ――」

「いや、だからどうこう言ってるんじゃありませんがね」

「調べれば死因は分りますわね」

「もちろんです。あの奥さんには申し訳ありませんが、司法解剖ということになるでしょう」

「もし――毒殺だとしたら――」

「ああ、もちろん、あの奥さんの犯行だとは言えませんよ。例の薬びんに近づける人間なら可能だったでしょう。しかし、その場合は、睡眠薬と金子さんが思い込むほど似ていなくてはならない」

「じゃ、薬以外の、水とかに入っていたとしたら？」

「そうなると、あの奥さんが疑われても仕方ないでしょうね。他にあの家には人がいないのだから」

「でも、そんなことをするかしら？　自分が疑われるに決ってるのに」

「そうですよ。予め計画した上でのことなら、そんな真似はしないでしょう。しかし、何かでカッとなると、後のことは考えませんからね」

「カッとなるって……。でも、どうせご主人は後何か月かで亡くなるところだったわけでしょう?」

「そうです」

室田は肯いた。「そこがこの一件のポイントですな」

「――自殺、と考えるのが一番自然じゃありませんか?」

「夫人も、そう望んでいるようですな。しかし、さっきも言った通り、死ぬ気なら、少なくとも、睡眠薬を一つ残らず飲むくらいでなければ」

「そうか……。不自然ですね。いずれにしても」

「その通りです。――さて、その宮里という医者の話を聞きたい。案内してもらえますか?」

「ええ。すぐ近くですわ」

――文江は、古ぼけた、懐しい建物の前で足を止めた。

「まだ看板を書き直してないんだわ」

と、笑った。「これでも、〈宮里医院〉って書いてあるんですよ」

「ただの板ですな」

「七年前には、まだ〈宮〉の字は残ってたんですけど……」

文江は、相変らずきしんだ音をたてる扉を開けて中へ入った。

「よお、これはお久しぶりだな」

医者というより、柔道か空手の教師みたいな、むさ苦しい様子の宮里医師が、のっそりと出て来た。

「先生、お変りないみたい」

「変りようがない。人口も増えんから、病人も増えん。一向にもうからん」

「ちょっとお話があるんですけど」

「いいとも。間違って子供でもできたか」

「先生ったら」

文江はふき出してしまった。

宮里は、室田の話に肯いて、

「確かに、金子さんは薬物死でしたな」

と言った。

「睡眠薬は、こちらで？」

「いや、それは、隣町の総合病院で、もらっていたようだ」

「死因に疑問を感じられましたか？」

宮里は両手を広げて見せ、

「こんな田舎の医者ですぞ。変死を診ることなど十年に一度だ。おかしいと思えば、後は警察に任せる他はない」

「ごもっともです。それが一番賢明なやり方ですな」

「しかし――」

と、宮里は言った。「寂しいものだ。あの夫婦とも長い付き合いだったが」

「あのご夫婦は、うまく行っていたんでしょうか？」

宮里は、ちょっと室田を見つめて、

「あんたも、見かけによらず鋭い方ですな」

と言った。

「先生と同じよ」

と文江が言うと、宮里は声を上げて笑った。

「かもしれん。――いや、このところ、あの二人、少しおかしかった。それは事実だ」

「おかしい、というと？」

「表立って喧嘩するとか、そんなことはない。しかし、口のきき方や何かが、どことなく、よそよそしかった。特に女房の方が」

「変ですね」

と、文江は言った。「ご主人が不治の病なんて分ったら、優しくしてあげるのが、普通でしょう」

「もちろん、しっかりさせようとして、却って突き放すということもある。だが、あれはそれとも違っていた。ただ冷たくなっていたんだ」

「──気の毒な駅長さん」

と文江は言った。

「当然、解剖になるでしょうな」

「そう思います」

「また、村の中は大騒ぎになろう」

と宮里は、ふと立ち上って、埃で汚れ切った窓から、表を眺めた。「──なあ、文ちゃん」

「はい」

「あんたが帰って来て、この村は昼寝から叩き起こされた羊みたいに、駆け回り始めたよ」

文江は、胸が痛んだ。

「──謝りたいけど、そうはしません」

「もちろんだ！　偽りの上の眠りは、どうせいつか覚める。あんたは、いいときに戻って来たよ」

文江は微笑んだ。──何となく、救われたような気がした。

13　幽霊

「おはようございます」

うめの声で、目が覚めた。

「ああ――おはよう」

文江は目を開いて、息をついた。「――あら、どうしたの？」

うめが、障子を開けて、向うを向いて座っているのだ。

「お食事の用意ができております」

と、うめは言った。「お連れ様も」

文江は、やっと気が付いた。自分の布団に、草永が一緒に寝ていたのだ。

ゆうべは火事騒ぎもなくて、おかげで二人でのんびりと……楽しんだのはいいが、そのまま、疲れて眠り込んでしまったのである。しかも布団はかけているにせよ、二人とも裸のままである。

うめは、背中を向けたまま、障子を閉じて、行ってしまった。

「あーあ、まずった！」

と、文江は笑った。「――ちょっと！　起きてよ！」

と、草永を揺さぶる。

「ウーン」

と、唸って目を開き、「もう会社かい？」

――朝食の席は愉快だった。

うめが、草永には、ご飯もミソ汁も、たっぷりと出して、

「お疲れでしょうから、いくらでもお代りをどうぞ」

と、澄まして言っている。

文江は笑いをかみ殺して、目をパチクリさせている草永を見た。

「まあ、朝から頑張ってたの？」

と、公江が訊く。

「い、いえ、そんな――」

草永があわててミソ汁をすする。

「いいじゃない。朝一番は子供ができやすいのよ」

公江もなかなか言うのである。

草永はすっかり小さくなって食べ始めた。

玄関の方で、

「文江！　文江、いますか！」

と大声がした。

「あら、百代だわ」

文江が腰を浮かす。

「何だかずいぶんあわててるようね」

と公江が言った。

文江が出て行くと、百代がハアハア息を切らして立っている。

「百代、どうしたの？」

「あ、あのね――あの――あれ――あれが――」

「ちょっと落ち着いて。入ったら？」

「うん……」

百代は上り込んで、やっと息をついた。

「ああ、怖かった！」

「怖いって、何が？」

「幽霊が出たのよ」

と百代は言った。

「幽霊？」

文江は訊き返した。「だって、お通夜は結局延期になったのよ」

「違うわよ！　金子さんのやつじゃないの」

「じゃ、誰の幽霊？」

「和也君よ」

「坂東和也君の？　だけど――ずいぶん昔の幽霊じゃない」

「呑気なこと言って！　こっちは、ゆうべ一晩、生きた心地もしなかったっていうのに！」

と、百代は、文江をにらんだ。

「ごめん。だって、あんまり突拍子もないこと言うから――」

「それは面白いね」

と、草永が入って来た。「つまり、あの、隣の家に何かがいた、ってことなんだね」

「そうなんです」

と、百代は肯いた。「でも、ちっとも面白くありませんよ」

「いや、ごめんごめん」

と、草永は笑って、「詳しく聞かせてくれないか」

「ゆうべ、上の子が夜中に私を起こしたんです――」

と、百代は言った。

「なあに、おしっこ？」

と、百代は目をこすりながら、起き上った。

「うん」

と、男の子が、コックリ肯く。

「仕方ないわね。寝る前にお水なんか飲むからよ」

百代は布団から起き出した。夫がウーンと唸って、寝返りを打つ。

「さ、おいで」

百代は子供を廊下へ押し出した。

「——一人でできるでしょ」

「ウン。開けといて」

「はいはい」

トイレのドアを開けて、百代は立って待っていた。

男の子のくせに、意気地がないんだから、本当に！　先が思いやられるわ。

百代は欠伸をした。——でも、あんまり早く目を覚まされなくて良かった。

今夜は久しぶりに、夫と「語らった」からである。あの最中に、「おしっこ」などと言い出されたら、あわててしまう。

夫はそのまま、グーグー音を立てて寝てしまった。こっちは寝入りばなを起こされて迷惑な話だ……。

また欠伸が出る。

「――もう出た？　早くしなさい」

そのとき、何やらガチャン、と壊れる音がした。百代は、ちょっと目をパチクリさせた。

何だろう？　空耳かしら、と思った。しかし、あんなにはっきりと……。

ガタン、ガタン、と、また物音がする。

どこから聞こえているのか。――少し遠い音だ。

「母ちゃん、出たよ」

「はいはい」

百代は、子供のパンツを上げて、トイレから出た。寝室へ連れて行って、布団に子供を入れると、もう一度、一人で廊下へ出てみた。

また、何かの動くような、ガタゴトいう音。

ちょっと薄気味悪くなったが、元来、そう気の弱い方でもない。夫を起すまでのこともあるまい、と思った。

家の中じゃない、と思ったが、一応、茶の間や台所を見て回った。何の異常もない。すると表だろう。しかし、この辺には、夜中にうろつくような人間はいないはずだが……。

泥棒？――まさか！　こんな貧乏な家に入る物好きな泥棒があるかしら？

百代は、庭へ出るガラス戸の方へ歩いて行くと、カーテンを少し開けて表を見た。別に誰の姿も見えないが。

また音がした。今度はちょっとびっくりするような、ガチャン、という派手な音であった。

これはやはり、放っておくわけにはいかない。——どうも、隣の廃屋から聞こえているらしいのだ。

あそこも、ずいぶん長く閉め切ったままである。あちこちガタが来ているだろう。野良犬か野良猫でも入り込んだのかもしれない。この辺は都会と違ってホームレスはいないから、その点は百代も考えなかった。

ともかく、廃屋に入る泥棒はいない。百代は、犬か猫なら怖くもない。子供のバットをつかむと、玄関の方へ歩いて行った。

ドタン、ガタン、という音は、まだ続いている。——今に見てなさいよ。

百代は玄関から、サンダルをつっかけ、鍵を開けて外へ出た。

外は暗い。——都会なら、まるで真昼のように明るいのだが、こういう場所では、本当に夜は暗いのである。

百代は左右を見回した。——そこからでは、隣の廃屋が目に入らない。

そっと外へ出ると、通りへ出て、廃屋を眺めた。音はやんで、シン、と静まり返っている。

「——確かにこの中だわ」

と百代は呟いた。

廃屋のわきへ回ってみる。板を打ちつけた窓。——坂東夫婦が姿を消してから、しばらくして、いつの間にか、誰かが打ちつけたのだ。

百代は裏手に回った。広い窓があって、ここはそのままになっている。

しかし、埃やごみで、まるですりガラスみたいになってしまっている。

ガチャン！　中で派手な音がして、百代は飛び上った。

一人で来たのを、少々後悔し始めていた。しかし、どうせ隣なのだ。

いざとなったら、大声出せば……。

百代はバットを握りしめると、窓の方へと近寄った……。

「それで？」

と、文江が訊いた。

「そしたら、急に光が——」

「光が？」

「そう！　白い光が、窓の所をスーッと音もなく通って行ったの」

「音もなく？」

「そう。——二つ、三つ、とね。スーッ、スーッて」

「それで、どうしたの？」

「もう、キャーッ、って叫んで飛び上ったわよ。そのまま家へ吹っ飛んで帰っちゃったわ」

「ご主人には？」

「今朝、話したわ」

「じゃ、ゆうべは……」

「布団かぶって、寝てたのよ」

と百代は言って、「笑わば笑え！」

「何言ってんの。でも、確かに誰かが中にいたのね」

「そうよ、間違いないわ」

「その光っていうのは」

と、草永が言った。「きっと懐中電灯だろうな。窓が汚れてるから、光が通らなかったんだ」

「私も今朝になって、そう思ったわ」

と、百代は肯いた。「でも、ゆうべは、とっても考えつかなかったわ」

「そりゃ無理ないな」

と、草永は、室田みたいなことを言い出した。

「でも、一体誰かしら？」

と文江が考え込む。

「考えてたって仕方ないよ。調べてみることさ」

「そう簡単に——」

「我々だけじゃだめさ。あの家だって、持主がいるはずだろ。下手に入ると、不法侵入だ」

「じゃ、室田さんを呼んで一緒に入ればいいわけだ」

と、文江は指を鳴らした。「早速電話してみるわ」

電話の所へと走って行き、教えられていた直通電話の番号を回す。

「——あの、室田さん、お願いしたいんですけど」

「お嬢様」

と、うめがそばへ来て、「あの——」

「待って。——あ、お出かけですか。お帰りになるのは——」

「室田様ですが」

と、うめが言った。

「——あの空家のことは、急いで持主を調べましょう」

村の方へ歩きながら、室田が言った。「その上で、合法的に入りませんとね」

「同感です」

と草永が言った。

室田、草永、文江の三人は、村への道を辿っていた。

百代は先に帰っていた。子供二人かかえている身としては忙しいのである。

「――で、何か結果が出ましたの？」

と文江が訊いた。

「金子さんですか？　ええ。やはり毒物が使われていました」

「まあ、それじゃ……」

「猛毒というわけではないが、少々弱い心臓には致命的です」

「でも、それは専門的な知識が必要でしょうね」

「専門的というほどではないとしても、多少の知識はね」

「つまり、素人ではない、と？」

「いや、多少勉強すれば大丈夫ですよ」

「じゃ、犯人を特定できませんね」

「無理ですね。しかし、身近な人が疑われるのは仕方ないでしょう」

文江は室田を見た。

「つまり――奥さんですか」

「普通ならね」

と肯く。

「というと？」

「火事があったでしょう」

「ああ。——きっと奥さんも外へ出て、火事の様子を見ていたでしょうね」

「そうです。その間に、家に入って、薬を混ぜるのは、不可能ではない」

「そうですね」

と文江は言った。「都会のマンションとは違って、この辺の家は、庭からでも入れますものね」

「だから厄介ですよ。——ともかく、なぜ金子さんが狙われたのか、それをまず明らかにしなくては」

「あの人を殺そうとするなんて……」

と、文江は首を振った。

「地味な方、でしたな」

「そうです。本当に——」

「しかし、人間、どこかに秘密があるものですよ」

「金子さんに、ですか？」

まさか、とは思ったが、そうでなければ、殺されるはずがないのだ、と考えると、やはり金子にも、人の知らない面があるのか、と思えて来る。

「今日は、どうするんですか？」

と草永が訊く。

「まあ、視察、といいますかね」

「視察？」

「村の様子を見たいのです。――何といっても、犯人は、この村の中にいるに違いないのですから」

――三人は、あの廃屋の前で、足を止めた。

「ねえ、見て！」

と、文江が言った。

表の戸が、ほんの一センチほどではあるが、開いているのだ。

「――文江！」

と、先に帰っていた百代が、飛び出して来る。

「百代、ここの戸――」

「そうなの！　帰って来るときに見付けてね、電話したけど、出た後だったのよ」

「ゆうべは開いてなかったの？」

「たぶんね。開いてれば気が付いたと思うわ。暗かったけど、まるきり何も見えないってわけでもなかったから」

「そう。――今朝は？」

「あなたの所へ行くときは、ろくに見てなかったから」

室田はガラス戸に近付いた。手をかけて動かすと、ガラガラと軽やかに動く。

「こいつは妙だ」

室田はかがみ込んだ。「――レールに油がさしてありますよ」

「じゃ、やっぱり誰かが……」

「そうらしいです。入ってみましょう」

と室田が言った。

「ええ？　でも――」

と、文江が言いかけると、

「ご心配なく」

室田は肯いた。「空家の戸が開いているので、防犯上の見地から、入っても構いませんよ」

「難しいもんね」

と、百代が感心したように言った。

「入ってみましょう」

百代は、

「ああ、悔しい！　子供、放っといて来ちゃったからだめだわ！」

と叫んで、家へ駆け戻った。

文江がクスッと笑った。

「気が若いんだから！」

室田が、埃だらけのカーテンを、ゆっくりとあけた。フワッ、と埃が宙を舞った。

三人は、中を覗き込んだ。

14　廃屋

ムッとするような、臭いがした。

「何かしら、これ？」

「埃とカビと、色々ですね」

と室田は中へ入った。

文江と草永も続いた。

目が慣れると、思ったより、きれいになっているのが分った。

雑貨屋だった頃の、ガラスケースや、棚がそのまま残っている。もちろん、埃だらけだし、鴨居のあたりにクモの巣も見えるが、お化屋敷というわけでもない。

「店の奥が座敷ですね」

「ええ。そこを上ると――」

室田が足下を見た。

「物音の正体は、これだな」

割れた茶碗のかけらが散っている。

「ここにあったのかしら？」

「いや、そうではないようです」

と、室田はかがみ込んだ。「きれいなもんですよ。これは埃がつもっていない」

「つまり――」

草永が言った。「誰かが、ここに茶碗を持って来て、わざわざ壊したんでしょうか」

「そういうことになりますな」

「でも、どうして？」

「ここに人の注意を引きたかったのかもしれません」

「なぜでしょう？」

「分りません」

室田は、靴を脱ぐと、座敷に上った。「――上ってもいいですが、靴下が汚れますよ」

「構やしません」

と、文江は言った。「洗えばいいんですもの」

茶の間は六畳ほどの広さである。

もっとも、ここの六畳は、都心のマンションなら、八畳ぐらいである。

「憶えてるわ。——よく、ここへ来たんですもの」

「他の部屋も、見て回りましょうか」

室田が、ゆっくり左右上下に目を向けながら、歩いて行く。

やはり、窓の近くなどは、埃が入って汚れていたが、廊下などは、思ったよりきれいである。

「人のいない家は、ネズミやゴキブリも、エサがないので寄りつきませんからね。——あまり汚れないものですよ」

と室田は言った。

「埃の上に足跡でもついているかと思ったのにな」

と草永が言った。

「砂嵐でもあれば、そうかもしれませんがね」

「ねえ、見て！」

と、台所に立っていた文江が叫んだ。

「——どうしました？」

「あの窓……」

台所の窓は、うっすらと埃で白くなっていた。そこに、指で書いたのだろう。

〈床の下〉

と書かれてあった。

「床の下、か……」

「誰が、こんなことをしたのかしら?」

「字はあまり特徴がありませんね。――触らないで下さい」

「ええ。でも、床の下って――」

「この床下ということかな」

「きっとその下だわ」

と、文江は言った。「そこの床が開くんです。下が、お米とかミソの置き場になっていて」

「なるほど」

室田は、床の丸い穴に指をかけて引張ってみた。

大きな板が、持ち上って来る。

「何かあります?」

「いや……この下は、どうなってるんですか?」

「さあ、そこまでは――」

文江も覗き込んだ。

まだ米びつが置いたままになっている。その下は、板が何枚も敷いてある。

「この下は地面ですな」

「そうでしょうね」

室田は米びつを持ち上げようとした。

「——こりゃ重いや。手伝って下さい」

草永と二人で、持ち上げ、やっと上に出す。蓋を開けると、三分の二くらいまで、米が残っている。もちろん、変色してしまってはいるが。

「下の板が外れてますよ」

と、室田が腹這いになって、底板へ手をのばした。

釘で打ちつけてあるかのように見えるが、ヒョイと外れてくる。

「どうなってるのかしら?」

「この板もだ。——この隣も」

結局、ほとんどの板が外れて、すぐ下に地面がむき出しになった。

「——何かありますの?」

「いや、分りませんね」

室田は立ち上った。「しかし、下の地面が、盛り上っています」

文江は、草永と顔を見合わせた。

「ということは……」

「この下に、何か埋まっているんですな」

と、室田は言った。

「えらいことになったわね」

と、百代が言った。

「うん……」

文江は、百代の家に上り込んでいた。

室田が、県警から人を呼んでいる間、草永は、あの台所で見張っている。そして文江はここで待つことにした、というわけである。

「どうしたの、文江？」

「え？」

「何か考え込んじゃって」

「そう？――ただ、えらいことだ、と思ってるだけよ」

「仕方ないじゃない」

「うん」

文江は、百代の出してくれたお茶を飲んで、ホッと息をついた。

「仕事、忙しいの？」

「まあね」

「羨しいな。自分の手に仕事持って」

「そうかなあ。こういうことって、向き不向きがあるのよ」

「私は顔で落第って言いたいんでしょ」

文江は笑い出した。

「――百代って相変らずね」

「でもさ」

「何よ」

「本心じゃ、文江のようにならなくて良かったと思ってるわ」

「どういうこと？」

「だって――文江は昔から辛そうだったじゃない」

「辛い、って？」

「常石の名前が、よ」

文江は目を伏せた。

「どこへ行っても、みんな、文江のこと知っててさ」

「そうね。すぐ『お嬢様』だったもんね」

「私、可哀そうだなあ、って思ってたのよ、いつも」

「ありがと」

「都会へ出て、誰も自分のことを知らない町を歩くってことに憧れても、当り前だと思ったわ」

「ごめん。やっぱり、意地があってね。ともかく、一人前になって、帰ってやろう、って」

「ただ、手紙の一本ぐらい、くれりゃ良かったじゃないの」

「そうね……」

「それで七年？」

「アッという間よ。七年間。――がむしゃらに生きて来たわ」

「でも、あんな恋人もできてるじゃない」

「ごく最近よ」

「初めての人？」

文江は、ちょっとおどけて、

「ご想像にお任せします」

と逃げた。

「ずるい！」

「でも、売れないときは、ずいぶん色々あったのよ」

「色々って？」

「体と引き換えで、デザインを任せる、とかさ」

「へえ！　ドラマみたい」

「本当にあるのよ」

「で、文江は？」

「そこまでは、ね。やっぱり気位が高いんでしょ」

「常石家の令嬢ね」

「そんなとこかな」

文江は軽く笑った。「――最初は大学生とだったわ」

「へえ。――長く続いたの？」

「一度っきり」

「へえ、どうして？」

「一度寝たら、急に威張り始めてね、がっかりして、サヨナラしちゃった」

「それ、あるわね。うちの亭主だって、初夜のときまでは優しかったけど、それ過ぎたら急に関白よ」

「でも、百代、威張ってんじゃない」

「当り前よ。権力に屈してたまりますかって！」

「闘争したわけね」

「断固、夜の生活を拒否したの。三か月よ」

「凄い」

「ついに亭主も折れたわ。以来、良く言うこと聞くようになったもの」

文江は笑い出した。

なごやかな、女同士の他愛ない会話。——こういう会話は久しぶりだ。

文江は、一種の郷愁を覚えた。

妙な話だ。実際に、こうして故郷へ帰って来ているのに。

だが、文江の中の故郷は、「七年前の故郷」なのである。

自分の帰還で、混乱している、今の故郷ではない……。

「——失礼」

と、草永が入って来た。

「あら、見張りは？」

「うん、今、室田さんが戻って来た」

「じゃ、お茶いれますね」

と百代が立ち上って出て行った。

草永と文江は、しばらく黙っていた。

「ねえ」

「うん？」

「どう思う？」

「何が？」

「あの床下よ」

「ああ。——どうって——」

「何か埋めてあるのかしら？」

草永は肩をすくめた。

「掘ってみなきゃ分らないさ」

「でも、何か、事件に関係のあることでしょうね」

「室田さんはそう思ってるようだ」

「何でもないものを、あんな所に埋めないでしょうからね」

「しかし、何が考えられるかな」

と草永は腕を組んだ。「君はこうして生きてるから、君の死体じゃない」

「もう！」

と、文江は草永をにらんだ。

「僕が前に言ったろう」

「何を？」

「坂東和也のことで、さ」

「ああ。——他の殺人ってことね」

「そうだ」

「その死体が、あそこに？」

「可能性はある」

文江はしばらく考えていた。

「でも、おかしいわ」

「どうして？」

「死体隠すのに、わざわざ床下に埋めることないわよ」

「そうか」

と草永は肯いた。

「そうでしょ？」

「裏山には、いくらでも場所がある、か」

「そうよ。それなのに、わざわざ自分の家の床下に——」

「しっ。——来たらしい」

表に車の音がした。

「行きましょう」

「ねえ、君は——」

「何？」

「行かない方がいいんじゃないか？　もし、死体だったりしたら……」

「あなたこそ、引っくり返らないでよ」

と、文江は言った。

外へ出て、文江と草永は目を見張った。

「まあ！　いつの間に——」

村の人たちが、何十人も、集って来ているのだ。

「——どこから話が伝わったのかしら？」

「これじゃ、隠し事はできないな」

と草永は苦笑した。「さあ、入ろうか」

中では、室田の指示で、台所の床下のものを掘り出す作業が始まっていた。

「入らないで！」

と、警官に止められる。

「ああ、その二人はいいんだ」

と、室田が声をかけた。「さあ、こっちへ」

他に、鑑識班らしい何人かが、壊れた茶碗のかけらを集めたり、窓の指で書いた〈床の下〉の文字を、カメラにおさめたりしていた。

「——退がっていて下さい」

と室田が言った。「土がかかりますよ」

文江と草永は、少し離れて立っていた。

「——何かあるぞ」

と、掘っていた一人が言った。「ビニール包みだ」

「出してみてくれ」

と室田が言った。

かなりの大きさのビニール袋が、取り出された。

文江は、ゴクリとツバを飲んだ。

「ゴミですよ」

と、中を覗いた男が言った。

気が抜けたような、戸惑いが広がる。

「その下を掘れ」

と、室田が言った。

「もっとですか？」

「ただのゴミをこんなにして埋める奴はいないよ」

と室田は言った。

なるほど、それはそうだ。文江は、じっと息をつめて見守った。

――かなり、穴は深くなった。

「もう何もありませんよ」

「もう少し掘れ」

室田の言い方は、穏やかであった。

土が、床の上にも積まれた。――十五分が過ぎた。

「何かある！」

と、声が上った。

「出してみろ」

ガサゴソと音がした。

「トランクですよ。ずいぶん大きいけど」

「上げろ」

引張り上げられたのは、黒い、大型のトランクだった。

「横にしろ。開けるぞ」

と、室田が言った。

「鍵がかかってます」

「壊していい」

鍵は、楽に壊れた。ゆっくりと、蓋が開いた。――文江は、一瞬目をつぶった。

「布がかけてある」

「めくってみろ」

――そこには、またトランクが入っていた。今度は手で持てる程度のものだ。

空いたところには布がつめてあるのだった。

「何だか、人を馬鹿にしてるな」

「よし。こいつを開けよう」

メリメリ、と音がして、今度の鍵は、やや抵抗があったらしい。

「――おい！」

声が上った。

「たまげたな！」

文江は近寄って、そのトランクを覗いた。

トランクには、びっしりと、札束が詰っていた。


「驚いたわ」

文江は、パトカーの走り去るのを見送って言った。

「あれは何でしょうね？」

と草永が訊くと、

「調べてみないと分りませんが……」

と、室田は言った。「七年前、あの事件があったころ、隣の町で、銀行が襲われているのです。――確か、四、五千万円がやられました」

「それが今の――」

「日付を見てみましょう。おそらく間違いないでしょうが」

「何てことかしら！」

「じゃ、和也は、その一味だったんでしょうか？」

「さあね。それにしては、金に手をつけていないのが妙です」

「そうですね」

「あれだけ深く埋めるには、当分使わないという決心があったんでしょう」

「その和也が、なぜ自殺を……」

「こうなると、考え直す必要があるようですね」

「というと？」

「和也の死は、自殺だったのかどうか、ですよ」

と、室田は言った。


「ますます分らなくなって来たわ」

文江は、草永と二人で、家への道を歩きながら言った。

「こいつは、何だか、複雑な事件だね」

と草永が首を振る。

「あのお金……。もし本当にその銀行のものだったら……」

「和也としては、アリバイが証明できなかったのも当然だな」

「まさか強盗してましたとは言えないものね」

「和也は自殺するはずがないよ。あのお金があれば、ここを出て、どこへでも行けるんだから」

そろそろ、陽は傾きかけていた。

二人は、黙々と、道を歩いて行った。

と、文江は呟いた。

「坂東和也殺人事件か……」

「また殺人が一つふえた」

「そうね」

15　闇の襲撃

「どうした?」

文江が寝返りを打つと、草永が言った。

「え?」

「眠れないのかい?」

「うん……。まあね」

文江は、大きく伸びをした。

うめが、気をきかしたのか、皮肉のつもりか、最初から文江の部屋に草永の布団も敷いてしまったのである。

「もう何時？」

「ええと……」

草永は、わずかな明りの中で、腕時計を手に取って、見た。「二時ぐらいかな」

「いやね、眠れないって気分。少し散歩して来ようかな」

「そうするか」

「あなたは寝ててもいいわよ」

と、文江は起き上りながら言った。

「冗談じゃないよ。人殺しがどこかにいるんだぜ」

「あら、心配してくれるの。優しいわね」

文江は、セーターとスカートという軽装で、部屋を出た。草永が、急いで後を追う。

下へ降りて行くと、居間の明りが灯っている。――文江は、不思議そうに、

「誰かしら、こんな時間に？」

と呟いた。

「また幽霊かな」

「やめてよ！」

と文江はにらみつけた。

「――誰なの？」

居間から母の公江の声がした。

「何だ、お母さん。びっくりした。どうしたの？」

「ちょっと眠れなくてね」

と、公江は微笑んだ。「お前も一杯どう？」

「お母さん、ウイスキーなんかやってるの？」

「やあ、こいつは散歩よりよほどいいや」

と、草永も入って来て、「僕もお付き合いしましょうか」

「じゃ、文江、そこからグラスを持っといで」

公江が愉快そうに言った。別に酔っているという様子ではない。

「じゃいいわよ。私も付き合う」

文江も負けてはいられない。

かくて、深夜の酒宴となった。

「——銀行強盗ねえ」

公江は、ちょっと考えて、肯いた。「そういえば、そんなこともあったね」

「私が家を出た日？」

「というか……はっきり憶えていないけど、同じころだよ。こっちも、お前のことで、てんてこまいしてたから、あまり気にしてなかったけどね」

「室田さんから、何か言って来たのかい？」

草永が文江に訊く。

「まだ、何も。——何しろ大分昔のことだもの。そう簡単には分らないんでしょ」

「隣の町のことだしね」

と、公江がグラスをあけて、「——この田村の人にとっては、村の中の出来事だけが、現実なんですよ」

「そうですね。こういう所では、考え方も都会とは違って来る」

草永は、肯きながらそう言った。

「もし、あれがその強盗の盗ったお金だったとすると、和也君がその一味だったってことね」

文江は首を振った。「信じられないなあ。あのおとなしい和也君が……」

「でも、何となく分るわよ」

と公江が言った。

「何が？」

「若い人たちにとっては、この田村での暮しは息がつまるでしょ。何とかして、ここから脱け出したい。そう思うんじゃなくて？」

「そうねえ」

文江は考え込んだ。「私も、直接の動機は別として、やっぱり、ここから出て行きたい、と思ったものね」

「問題は誰とやったか、だな」

と草永が言った。

「――何の話？」

「強盗のことさ、もちろん」

「つまり、一人じゃないってわけね」

「当り前さ。そんな若い子一人じゃ、とてもやれない。仲間がいたはずだ」

「というより、和也さんは、使われたんだと思った方が良さそうね」

と公江が言った。「そんな計画を立てて、リーダーになるようなタイプじゃありませんよ」

「同感ね。――和也君には、そう悪い仲間はついてなかったと思うけど」

「そんな、不良少年ぐらいで、銀行強盗なんてやれないさ。背後には大人がいるんだ。まず間違いなく、そうだ」

「この――田村の人？」

「それは分らないけど……」

「そう考えるのが自然ですよ」

と公江が言った。「一緒に強盗をやって、しかもその盗んだお金を、和也さんの所へ預けるんだから、相当に信用し合っているんでしょう。村の人間でなきゃ、とてもそんなに親しくなれるはずがありません」

「なるほど」

草永は肯いた。「いや、お母さんのお話は、説得力があります！」

「ありがとう。あなたは、とてもしっかりした方ね。娘にはもったいないわ。私がもう二十年若かったら――」

「いや、恐れ入ります」

「どんどん飲みましょう」

「いいウイスキーですねえ」

「高級品が置いてありますの。悪酔いしませんしね」

「文江さんと一緒になっても、なかなか、こんなのは飲めませんよ」

「何なら、あなた、うちの養子におなりなさい。大して仕事しなくていいんですよ」

「それもいいですね、ハハ……」

――文江は、母と草永が二人で勝手に楽しげにやっているのを、呆れ顔で眺めていた。

一時間後には、二人揃って、仲良くソファで居眠りを始めてしまった。

「何やってんのかしら、全く！」

母が酒を飲むのは、あまり記憶になかった。もちろん、飲めないわけではなかったが、好んで飲む方ではなかった。

母も年齢を取って、あれこれと苦労が多いのかもしれない。いや、まず娘が行方不明になっていたことが、心労となっていただろう。

草永が、母に付き合って、眠り込んでしまったのも、彼なりに気をつかってのことかもしれなかった。草永だって、そうアルコールに強い方ではないのだから。

時計を見ると、三時二十分だった。もう一時間もすると、朝の気配になって来よう。

文江は、二人を残して、居間を出た。——あの二人なら、浮気する心配もないものね……。

玄関から、表に出る。

都会の空気は、いつも生ぬるくて、埃っぽいが、田舎の夜の寒さは、水晶のように固く、透き通っている。

身の引き締まる寒さ、とでもいうのだろう。

ぶらり、と文江は歩き出した。——夜の散歩、というのもなかなか優雅なものである。

都会の夜は、場所によっては昼間と見分けがつかないくらい明るかったりして、本当の「夜」がない。一寸先も見えない闇、なんて停電にでもならなければ、経験できないのである。

家の明りが届かなくなると、かすかな月の明りで、村へ行く道を、少し辿って行った。

そして、ふと足を止めると、今度は逆に、山への道を辿り始める。

山まで行く気はないのだが、七年前、夜中に、この道を一人、歩いて行ったときのことを思い出しているのだ。あれもちょうど三時過ぎだった……。

あのとき、和也や、他の誰かは、銀行を襲って、逃げ帰る途中だったのだろうか。——

―もし、車に出会わず、あのまま山道を歩いていたら、途中で和也たちに出くわしていたかもしれない。

人生なんて、ほんのささいなことで、変ってしまうものだ。和也たちに出会っていたら、その場で殺されて、山の中に埋められていたかもしれない。いや、行動を共にして、今ごろは女ボスにでもなって、機関銃片手に、各地の銀行を荒し廻っていたかも……。

ちょっと悪のりかな、と一人で笑った。

夜は静かで、人の気配など、まるでなかった。

あまり遠くまで行くと、戻るのも大変だ。

――文江は足を止めた。

そのとき、どこか、右手の離れた所で、茂みのざわつく音がした。風のせいではない。どこか一箇所から聞こえた。

何かが動いたのだ。

ヒュッと口笛のような鋭い音がした。文江の右の頰を、何かがかすめて飛んで行った。

文江は戸惑って立っていた。――何だろう？

ただ、直感的に、危険を感じた。ヒュッという音がして、今度は左の腕に鋭い痛みを覚えた。

狙われている！

文江は道に伏せた。ザザッと茂みを駆け抜ける音。ザッザッと足音らしいものが遠ざかって行った。

文江はしばらく動かなかった。左腕が少し痛む。

そろそろと起き上った。——どうやら無事のようだ。

一体誰が、狙って来たのだろう？

文江は、高鳴る心臓を、鎮めようとじっと目を閉じて立っていた。けがをしたようだ。手当をしなくてはならない。

ホッと息をつく。——それを、向うは待っていたかのようだった。

ヒュッと空を切る音が、顔の正面に走った。アッと顔をよけるのが、十分の一秒遅かったら、死んでいたかもしれない。

右の頰が、引き裂かれるように痛んで、文江はよろけた。

一瞬、気を失いかけて、その場にうずくまった。視界を、赤い光が駆けめぐる。

やっとの思いで顔を上げると、二つの目が見えた。——光った目だ。

いや……あれはヘッドライトだ。車が停っている。誰か来てくれたのだ。——文江はホッとした。

低い唸り声と共に、その「二つの目」が、近付いて来た。唸り声の周波数が上る。こっちへ来る。突進して来る。——危い。危い！　危い！

文江は、目を見開いて、真直ぐに突っ込んで来るライトの光を見つめた……。

「びっくりしたぜ」

草永が言った。

「ごめん」

「無鉄砲なんだよ、大体」

「ごめん」

「殺人事件なんだぜ。TVドラマや遊びじゃないんだ」

「ごめん」

「全くもう……。君に死なれたら、僕はどうすりゃいいんだ」

「ごめん」

「しかし……本当にびっくりしたよ。泥かぶって、泥のお化みたいになって入って来るんだもの。一瞬誰かと思った。そしたら、そのまま気を失って……」

「一つ訊きたいんだけど」

「何だい？」

「私が襲われているとき、あなたは何してたの？」

「それは……ちょっと居間で居眠りして……」

「酔っ払って寝てたのね」

「まあ……そういう言い方もできるかな」

「で、何か言いたいことは？」

「うん。まあ……けがが軽くて良かったね」

「もう一つ訊きたいんだけど」

「何だい？」

「私を玄関の所で裸にしたのは誰？」

「そりゃ……君のお母さんとうめさんさ」

「さっきうめさんに訊いたら、うめさんが駆けつけて来たら、もう私は裸にされてたってよ」

「そ、そうだったのかな。——気が転倒して、分らなかったよ」

「もう、いい加減ね！」

——二階の、文江の部屋。左の腕の包帯、右頰の、大きなガーゼの白さが痛々しい。

すっかり朝になっていた。

「しかし、一体誰がやったんだろう」

「話をそらして……」

と、ちょっとにらんでから、文江は笑った。「もう少しで車にひき殺されるところだったのよ。何だか信じられないようだわ」

「向うだって、暗くて君の姿がはっきりとは見えなかったはずだしな。殺す気なら、どうして、もっと明るいときを狙わなかったのかな」

「何だか残念そうね」

「よせやい」

と、草永は顔をしかめた。

「室田さんには連絡してくれたの？」

「うん。すぐ来てくれると言ってたんだがな……」

噂をすれば、とでも言うのか、廊下にうめの声がした。

「室田さまです」

——居間へ降りて行くと、室田が落ち着かない様子で歩き回っていた。

「何とも——ひどいですな」

と、文江を一目見て、「相手を見ましたか？」

「いえ、真っ暗で」

文江は、少し顔をしかめた。大きな声を出すと、頰の傷が痛むのである。

「現場へ案内していただけますか」

「ええ、もちろん。でも、暗かったので、はっきりどの辺と分るかどうか——」

「痕跡があるでしょう。ともかく行ってみましょう」

室田、草永、文江の三人は、外へ出た。

穏やかな天気である。

山へ続く道を歩きながら、

「あの銀行強盗のことは分りまして？」

と、文江が訊いた。

「やはり、まず間違いないという感じです。金額がぴったり一致しました」

「番号は控えてあったんですか？」

「いや、新札ではないものですからね」

「それにしても、額が一致するということは——」

と、草永が言いかけると、室田が肯いて、

「つまり、盗んだ金は、全く手を付けていなかったということです」

「そうですか。しかし、あれだけの金を……」

「仲間がいたとしたら、七年間、知りながら手をつけていなかったというのは妙な話ですな」

「それは……」

と、文江が言った。「つまり、和也君が、お金を一人占めしようとしてたってことかしら？」

「どうも、他に考えようがないようですね」

「そして和也君は死んだ……。その仲間に殺された、と……」

「そこがよく分らないんですよ。隠し場所を訊き出すつもりなら、殺しはしません。金が手に入らなくなってしまいますからね」

「でも、つい、やり過ぎて、ということも考えられますよ」

「確かに」

と、室田が肯く。

どうも殺伐とした話になって来て、文江は憂鬱になった。

「——この辺りだと思うんですけど」

と、文江が言った。「でも、暗かったから、はっきりとは……」

「道の様子で分りますよ。タイヤの跡が……しかし、これじゃ無理かな」

室田は、舗装などしていない道を見下ろして言った。

「君が道のわきの溝へ落っこちた跡があるんじゃないか？」

「そうね。——あれじゃないかしら？」

「なるほど、泥がはねていますね。ここらしいですね」

室田はその場に立って、周囲を見回した。

「どっちから狙われたんですか？」

「ええと……山の方へ向かって立ってて……。あっちから音が聞こえたんです」

「あの茂みの辺りかな」

「たぶん、そうだと思いますわ」

室田は、その茂みと、文江の立っていた辺りを、目に見えない線で結ぶと、それを延長して、反対側の木立ちの中へ入って行った。

「――何か見付かりまして？」

と、文江が声をかける。

「あなたを傷つけたのが何なのかと思いましてね」

室田は、キョロキョロとその周辺の地面を見回しながら、「少なくとも銃ではありませんからね。傷口がもっと焼けているはずですから」

「痛いには変りありませんわ」

と、文江は渋い顔で言った。

「――ああ、これだ！」

と室田が声を上げる。

文江と草永が駆けつけてみると、室田は、ハンカチで、一本の矢をつまみ上げたところだった。

「――へえ！　弓矢ですか。また、えらく古風だな」

と草永が珍しそうに眺めた。

「いや、これはいわゆるアーチェリーの矢ですよ。あれは現代のスポーツでしょう」

「こんなもので……。しかし、まともにくらったら、やっぱり死にますか」

「そりゃそうです。先がわざと尖らしてありますよ。首筋にでも当ったら、一巻の終り、です」

文江は、ちょっと身震いした。

「あと二、三センチで死ぬところだったんだわ！」

「しかし、この辺でアーチェリーなんてやってる人間は、多くないんじゃありませんか」

と草永が言った。

「同感ですな」

と、室田が肯く。「もう一つ、問題なのは、文江さんをひこうとした車に乗っていた人物と、この矢を射た人物が同じだったかどうかという点です。――いかがです？」

文江は首をかしげた。

「たぶん……別でしょう。この傷を負って、ちょっと気が遠くなりかけましたけど、気を失うところまでは行きませんでしたから」

「その人物が車へ駆け戻って、あなたをひこうとする時間はなかったわけですな」

「まず無理だと思います」

「すると相手は二人組か」

「ともかく」

と、室田が言った。「アーチェリーの趣味のある人を捜すことですな」

16　推理

「文江！　どうしたの？」

村へ出て、通りを歩いていると、百代の声がした。

「あ、百代。大きな声が出せないのよ」

「どうしたっていうの？」

買物に来たらしい百代は、重そうな袋をぶら下げて、駆け寄って来た。「夫婦喧嘩？」

「まさか。夫婦でもないのに。――ねえ、村で、アーチェリーやってる人、知らない？」

「アーチェリー？　何だっけ、それ？」

「弓じゃないの。ほら――」

「ああ、そうか。そうねえ……。でも、何で弓なんか――」

文江が頬の傷を指して見せる。

「ええ？　じゃ、弓矢で？　ひどいことするのね！」

「誰か私を殺そうとしたらしいの」

「そんな、平気な顔して……。本当に命落としてたら、どうするの？」

百代は眉をひそめた。「犯人は？」

「分んないから、訊いてんじゃないの」

「あ、そうか。――弓、弓と。どこかで聞いたわね。誰かがやってたはずよ」

「村の人？」

「そう。――誰だったかなあ」

と、百代は首をかしげた。

「思い出してよ！」

と、文江が突っつく。

「こら！　袋押すと卵が壊れるよ」

「あ、ごめん。割れたら弁償するわ」

文江と百代がもめていると、

「やあ、何をやっとるんだ」

と、白木巡査がのんびりとやって来た。

「あっ、白木さん」

と、文江は言った。「今、室田さんが会いに行きましたよ」

「え？　こりゃいかん。――その傷はどうしたんです？」

「そのことで、室田さん、白木さんにお話があるようですよ」

「そうですか。じゃ、急いで戻らんと」

白木巡査があわてて行ってしまうと、百代が、

「そうだ！」

と手を打った。

「どうしたの？」

「白木さんよ。あの人、アーチェリー、やってたんだ！」

「本当？」

「もう大分前だけどね。ちょっとやって、みんなに散々冷やかされて、すぐやめちゃったんじゃなかったかな」

「でも道具は持ってるかもしれないわね」

「捨てないでしょ、あの人、ケチだもの」

百代の言い方に、文江はふき出した。

それにしても……まさか白木が文江を狙うわけもなし、これはどういうことだろう？

「盗まれたって？」

室田が目を丸くした。「それはいつのことだ？」

「はぁ……」

白木巡査は、頭をかいた。「かれこれ一か月くらいになりますか」

「――放っといたのかね」

「それが――大体、裏の小屋へ放り込んどいたので、ろくに見なかったんです。一か月くらい前に、他の物を捜しに行きまして、見えないのに気が付きまして、でも、きっとその辺に紛れ込んでるんだろう、と気にもしなかったんです。ところが一週間くらい前、久しぶりにやってみようかと思い、捜してみたのですが、どこにも見当らず……」

「どこの小屋だね？」

「この駐在所の裏です」

「案内したまえ」

室田の不機嫌な顔に、見ていた文江はおかしくてたまらなかった。

裏の小屋へ案内されながら、室田は、

「大体、凶器ともなり得るものを、簡単に盗まれるとは――」

とブツブツ言っている。

「室田さん、あんまり白木さんを責めないで下さいな」

と、文江は言った。

白木は冷汗を拭っている。

「鍵はかかっていたのか？」

と室田が訊く。

「それがその……あるにはあるのですが、すっかり錆がついておりまして……」

「取り変えればいいだろう！」

「はあ、予算の関係もありまして、その……」

「南京錠一つ、何十万もせんぞ」

「それはまあそうですが……」

こんな田舎の村の駐在といって、はた目にはヒマそうであるが、その実、大いに忙しい。何しろ、細々した用事ですぐ呼び出されるのだ。

結構、多忙な職務なのである。

「ここです」

と、白木は、今にも倒れそうな小屋の前で足を止めた。

「ひどい小屋だな。倒れて誰かけがをしたらどうする」

と、室田も八つ当り気味である。「開けてみろ」

「はあ」

鍵はなくても、戸はガタガタして、なかなか開かない。白木の方は、焦っているから、なおのこと戸が開かず、エイッと力を入れると、戸が手前に外れて、一緒に引っくり返ってしまった。

「何をやってるんだ」

と、室田は苦笑して、中を覗き込んだが――。「おい、あれは何だ？」

と、声を上げた。

白木が戸をはねのけて、中を覗き、

「あれっ！」

と、ポカンと口を開けた。

文江も覗き込む。——中に、アーチェリーの弓が、転がっていた。


「もう、わけがわからないわ」

と、昼食の席で、文江は言った。

「分らないことがあれば一年放っておけ、とよく父に言われました」

うめが真面目な顔で言った。

「一年待ったら、殺人犯は逃げちゃうわよ」

「この世の出来事は、総てこの世で帳尻が合うものです」

うめらしい哲学だわ、と文江は思った。

「お前も無茶ばかりやるから」

と、公江が、昨夜草永と飲んで眠っていたことなどケロリと忘れたように言った。

「で、弓の方から、何か分ったの？」

と草永が訊いた。

「だめね。ちゃんと指紋は拭ってあったそうよ」

「それに、ずいぶん律儀な人ね」

と公江が言った。「何もその場所へ戻さなくても、その辺に捨てておけばいいのに」

「それはそうね」

と、文江は肯いた。「そこは考えなかったわ」

「君よりお母さんの方が探偵の素質がありそうだね」

と、草永が笑って、文江にジロリとにらまれ、口をつぐんだ。

「――ともかく謎だらけよ」

と、文江は言った。「まず和也君が銀行強盗の一人だったということは、まず間違いないとして、それならなぜ、殺されたのか」

「誰に、ということもあるね」

「普通に考えれば、仲間でしょうね。そして、お金は七年間、埋めたままになっていた」

「それから、君の帰還だ。そこへどうかかわって来るか、も問題だぜ」

「そうね。――そして、私を東京で脅迫しかけたのは、誰か？」

「何の話？」

と、公江がキョトンとして訊いた。

「いいの。こっちの話。それから、東京で、坂東老人を殺したのは、果して、夫人だったのか？」

「そして、夫人はどこへ消えたか、だな」

「それから倉庫の火事。目的は何か？」

「駅長の死。――毒殺とすれば、犯人と動機は？」

「奥さんの様子がおかしかったという点もあるわ。それから、あの幽霊騒ぎ」

「あれは分らないね。少なくとも幽霊のふりをした人物は、金があそこに埋めてあることを知ってたわけだろ」

「欲のない人なのよ、きっと」

「なぜ、わざわざみんなに知らせたのか」

「自分で盗む気はなかったのね」

「それから私を狙った人物。アーチェリーを使ったのと、車でひこうとしたのは、別の人間らしい。――となると、仲間でしょうね」

「当然だね。何だかてんでんバラバラの事件ばかりだな」

「ね、だからわけが分らないのよ」

文江はため息をついた。

「お金ですよ」

と、うめが言った。

「え？」

「人間、万事、お金です。お金の欲しくない人間なんていませんせん」

「そりゃね……」

「だから、お金が総ての中心なんですわ」

うめが引っ込むと、文江は、ちょっと考え込んだ。

「――うめも、なかなかいい事を言うじゃないの」

と、公江が言った。

「そうね。――総ては七年前にさかのぼるんだわ。でなきゃ、私が狙われたりするはずがないもの」

「あなたが帰って来たことで、何かが起ったのよ」

「そうか」

草永は肯いた。「君が帰ったことで、一体どういうことが起ったのか」

「起った、って……色々よ」

と文江は肩をすくめた。

「和也さんがあなたを殺していないことが分ったわ」

「そうね。それから……それぐらいじゃないの」

「和也さんが無実だった。そこから、今度は何が起ったのか、を考えるのよ」

と公江は言った。

「両親を呼び戻そうとしたわ……」

「それは当然考えられるね」

と草永は言った。「いいかい、君が帰って来た時点で、誰かが、坂東夫婦が村へ帰って来るに違いないと思ったんだ」

「でも、その人物は、帰って来られては、まずかったわけね」

「そうだ。特に、君が、坂東夫婦の所を訪ねて行くに違いないと知っていたんだ。そして君を襲った。諦めさせようとしたんだろう」

「でも、むだだった」

「だから坂東老人を殺した」

「でも、どうしてご主人だけを殺したのかしら？」

「それは分らないね。奥さんは危うく、難を逃れたのかもしれない」

「だとしたら、なぜ奥さんは警察へ行かないで、この田村に、戻って来たのかしら？」

「忘れちゃいけないよ」

と、公江が言った。「あの夫婦は、息子が無実の罪で、死へ追いやられたと思ってたからね」

「警察を信じなくても当然か……。そうなると、あの夫婦へ、生活費を送っていたのは誰だったのかが問題になるわね」

「そうだな。しかし、それは別じゃないかな、つまり――」

「殺人とは切り離して考えろってこと？」

「そうさ。金を送ってたのは、ただあの二人に同情していた人物かもしれない」

「それはそうね」

と、文江は肯いた。

「これで、一つのつながりができたじゃないか。君の帰郷から、坂東老人の殺害まで」

「でも、どうして坂東さんが戻って来たらまずいの？　真犯人が出て来て、坂東さんが仕返しに来る、とでもいうのならともかく」

「そうだな。あんな年寄り——といっちゃ失礼だけど、どういうまずいことがあったんだろう？」

草永も考え込んだ。

「——お金ですよ」

と公江が言った。

「え？」

「さっき、うめが言ってたでしょ。人間、万事お金だ、って」

「そうか！」

草永が指を鳴らした。「あ、の家だ、！」

「あの家へ帰られるのが、まずかったのね！」

と、文江も思わず声を高くした。

「そうだ。もしかすると——」

草永は考えながら、「あの家が空家になって、それから誰かが金を埋めたかもしれないぞ」

「じゃ、和也君は強盗の一人じゃなかった、っていうの？」

「それはどっちとも言えないよ。しかし、あんな風に空家になってしまった家だ。あそこなら、安全に隠しておけるかもしれない、と思ったんじゃないかな」

「そこへ坂東夫婦が戻って来ると……」

「あの金を見付ける可能性があるからね」

「だから殺した。――なるほどね。その可能性は大ありだわ」

文江は、すっかり興奮していた。

「ちょっと待って」

と公江が声をかけた。「でも、あの空家が、もし取り壊されて、家が建っちゃったらどうなるの？　むしろ七年間、手つかずだった方が不思議なのよ」

「それはそうね。――だから、そうはならないと犯人が知っていたとしたら？」

「つまり、持主の問題になる」

と草永が言った。

そのとき、エヘン、と咳払いがして、文江は仰天した。

「失礼しました」

室田が立っていたのである。「いや、みなさんのすばらしい推理に聞き惚れておりまして」

「お人が悪いわ。さあ、どうぞ」

と、公江が言った。「ご昼食は？――ではせめてコーヒーぐらい、お付き合い下さいね」

「恐れ入ります」

室田は、席につくと、「今のお話は、大変面白い。おそらく、真相をついているのではないかと思います」

「室田さん。あの空家の持主は、誰なんですか？」

と文江が訊く。

「あそこは何ともややこしいことになっていましてね。抵当に入ったことが何度もあるのです」

「というと、坂東さんが借金を？」

「そのようです。理由は分りません。ともかく、少なくとも三回、抵当に入っているんです」

「変ね、そんな話、初耳だわ」

「私は耳にしたことがありますよ」

と、公江が言った。「坂東さんは賭け事が好きだったようね」

「なるほど。その借金ですかね。ところで、最終的には、あそこは誰の持物になっていたと思います？」

室田が三人の顔を見回した。

「――分らないわ」

と文江が言った。

「金子さんでしょう」

と公江が言った。

「どうしてお分りになったんです？」

室田が目を丸くした。

「金子さんが、よくみんなにお金を貸しているという話は、聞いていましたからね」

「お母さんは狡いわ」

と、文江は母をにらんで、「年の功ですものね」

「まあね。でも、坂東さんに貸していたのは初耳ね」

「じゃ、七年間、ずっとあの家は金子さんのものだったんですね」

「そういうことになります」

と、室田は肯いた。「金子駅長が、なぜ、あの家を、そのままにして放っておいたのかは分りません。まあ、そう高く売れるわけではないでしょうが、それでも、ただ持っているよりはいいと思いますがね」

文江は肯いた。――現に、あの隣には百代が住んでいるのだ。

「それはつまり――」

と草永が少し身を乗り出して、「金子さんが、あそこに金を埋めてあるのを知っていたということですか」

室田は、ちょっと考えて、

「可能性はあります」

と慎重に返事をした。

「でも、それなら、なぜ掘り出さなかったの？」

「そいつは分らないけど、他に理由が考えられるかい？」

「まあ、金子さんにしてみれば、村では、もちろん顔は知られているし、もし金がどこかにあると知っていても、具体的な場所を知らなかったら、とても夜中に忍び込んで来て捜し回るわけにいかなかったでしょう」

「そうね。もし見付かったら大変だし」

「奥さんもやかましい人ですもの」

と公江が言った。「ついつい、捜しそびれている内に、七年たったのかもしれませんよ」

「そうね……。そこで金子さんの死もつながって来るわけだわ」

「金子さんは毒殺された。すると──」

「犯人は、金子さんが、死を間近にして、何もかもしゃべってしまうかもしれない、と恐れた、ってのはどう？」

と文江は目を輝かせた。

「なるほど。それなら筋が通る」

と、草永が肯く。

「ね、つまり、金子さんが、お金の秘密を、誰かに話したのよ。七年間ですもの。何かの弾みで、ついしゃべってしまうことがあるでしょう」

「なるほど。そいつは金子さんにしゃべられちゃ、困るわけだな」

「で、先の短い金子さんを、わざわざ毒殺したってわけよ」

「でも、それは誰なんだい？」

文江は肩をすくめて、

「分るわけないでしょ、私に」

と言った。

17　弓と銃声

ともかく、金子駅長が、この事件に、直接関っているという可能性は高くなった。

もつれからまる事件が、少しずつ見通せるようになって来て、文江は胸のふくらむのを覚えた。

「君は変ってるよ」

村への道すがら、草永が言った。

「あら、何が？」

「普通の女性は、恋とか、甘い物とかに胸をときめかせるんだぜ。ところが君と来たら、殺人事件に胸をときめかせている」

「仕方ないでしょ。性分よ」

と、文江は言って、「何なら、東京へ帰ったら？」

と、草永を見た。

草永は苦笑して、

「そういう君に惚れてるんだから、しようがないよ」

と、言った。

文江はちょっと笑った。内心、申し訳ないと思わぬでもない。

草永は、仕事を放り出してここへ来ているのだ。いつまでも長びくようなら、本当にクビかもしれない。

「ねえ、あなた、無理なら東京へ帰ってもいいのよ、本当に」

「ここまで来てか？冗談じゃない。こっちにも好奇心ってものはあるんだよ」

「じゃ、いいけど……」

と、文江は言った。

もちろん、内心は嬉しいのである。

「――ねえ、ちょっと話があるんだが」

と、急に草永が言い出した。

「話なら、いつもしてるじゃないの」

「そうじゃないよ。――ちょっと座らないか？」

「ここに？」

と文江は言った。

そこは道の真中だったからだ。

「どこか、その――喫茶店はないのかい？」

「当り前でしょ」

と、文江は笑った。「じゃ、いいわ。ほら、その細い道へ入りましょう」

「奥に喫茶店があるの？」

「まさか！　神社があるの。静かで、人のいない、いい所よ」

「静かで人がいない、というなら、ここだってそうだぜ。ただ座る所がないだけだ」

「神社なら、小さな椅子ぐらいあるわ」

「よし、行くか」

と歩き出して、草永は、「席料は取らないだろうね？」

と訊いた。

かなり、都会病に毒されているようである。

行ってみると、確かに、人のいない、静かな境内である。——普通なら。

子供たちが駆け回って遊んでいるのだ。

境内狭しと駆け回り、奇声を発する子供たちに、目をやりながら、

「喫茶店よりうるさいぜ」

と草永は言った。

「いいじゃない。子供の声って、私、大好きよ」

「しかし、話をするときは……」

「大声で言えば？」

「早く結婚してくれ、と大声で話すのかい？」

「まあ……」

文江はちょっと真顔になって、「だめよ。この事件が片付くまでは」

「そりゃ分ってる。しかしね、実際に、僕らは結婚してるも同然なんだし——」

「『同然』と結婚は違うわ」

「うん。しかし、お母さんもいい人だし、僕はますます、君と結婚しよう、と決心したんだよ」

文江は、ちょっと微笑んで、

「ありがとう」

と言った。「嬉しいわ。でも、やっぱり事件が片付かないとね」

「それでもいいから、約束してくれ」

「だって——いいじゃない、その後で」

「だめだ！　今、約束してくれ」

と、草永が食い下がる。

「どうして、今するの？」

と、文江は言い返した。

「君のお母さんと約束した」

「母と？　何を約束したの？」

「君と結婚の約束をすると約束した」

「ややこしいのね」

「ともかく、君のお母さんに誓った手前、結婚してくれないと困るんだ」

「勝手言って——」

「そりゃ分ってる。しかし、大体恋なんて、自分勝手なもんだよ」

「それこそ勝手よ」

「ともかく、いいだろ？」

と、草永はしつこい。

「いやだと言ったら?」

「いいと言うまで訊く」

文江は笑い出してしまった。草永は大真面目でそんなことを言うので、笑い出さずにいられないのである。

「すぐに笑うんだからね、君は」

と、渋い顔をしたと思うと、やおら、文江を抱き寄せてキスした。

とっさのことで、文江もされるままになっていた。

「ワーイ!」

と子供たちの歓声に、文江は、あわてて、草永を押し戻した。

子供たちが、七人、八人、みんな集って来て、冷やかし半分の声を上げている。

「もう、あなたが変なことするから——」

と、文江は赤くなって、にらみつけた。

「いいじゃないか、婚約者同士なんだから」

子供たちが、

「やーい、もういっぺんやれ!」

などと拍手をしている。

「全くもう、今は、どこの子供もませてるんだから!」

と、文江は腕組みをして、言った。

「それより、返事はOKなんだろうね」

と草永が訊いたが、文江の方は、何だか目をひかれたものがあるようで、

「あれは……」

と立ち上り、「ねえ、ちょっと、その子！——怒らないから、こっちへ来てよ」

と、歩いて行く。

草永の方は肩すかしで、がっくり来た顔をしている。

「ねえ、草永さん！　これを見て」

と、文江が手にしていた物を見せる。

それは一本の矢だった。


「なるほど、これはアーチェリーの矢ですよ」

室田が、文江の手にした矢を見て言った。

「あの矢とはどうですか？」

「同じ物です。メーカーも同じ。違うのは、先を尖らせていないことですな」

再び、神社の境内。もちろん一時間ほど後のことである。

「で、その子供がこれを拾ったというのは、どの辺です？」

と、室田が訊いた。

文江が先に立って歩いて行く。

木立ちの奥に、小さな古ぼけた石の仏像が立っている。

「あっちです」

「この近くだったそうです」

「なるほど。まさかこの仏様に矢を射かけてたわけでもないでしょうが……」

室田は境内の方を振り向いて、「的を外れてここへ落ちたとすると……ちょうどいい木はどれかな」

室田は、一番幹の太い木へと歩いて行くと、ぐるりとそれを一回りした。

「――これですよ」

「その木ですか？」

「ごらんなさい。幹の境内の側は、こんなに穴が開いている」

「本当だわ」

「この木に、的を貼りつけて、練習したんでしょう」

「私を射つために？」

「たぶん。――それでも、最初は的からそれて後ろへ行ってしまうものがあった。あの一本は、その中の、見付けられなかったものでしょう」

「弓なんて、そんなに早く上達するもんでしょうか？」

「昔やった人間ならね」

と室田は言った。「しかし、もとが上手くないとね」

「まさか白木さんが……」

「それは違うでしょう。必ずしも、村の人が知っているとは限りません。それに、弓というのは、かなり優雅な趣味ですからね」

「しかし、わざわざ練習して、君を狙うなんて、憎らしい奴だな」

と、草永が憤然として言った。

「どれくらい練習すれば、上手になるものかしら？」

「まあ普通にやって一年だろうね」

「草永さん、やったことあるみたいなこと言うじゃない」

「もちろんさ。あるんだもの」

「——本当？」

文江は目を丸くした。

「ああ。なかなか上手いもんだぜ」

と、草永は言った。

「それはいい。ちょうど弓を持って来たし、一つやってみて下さい」

と、室田が言うと、草永はためらいもせずに、

「いいですよ」

と引き受けた。

面食らったのは文江である。〈弓を引くヘラクレス〉というのは知っているが、〈弓を引く草永〉では、せいぜい〈森永〉のキューピッドぐらいしか連想しない。

「じゃ、何か的をつけましょう」

室田が、近くの木の方へ歩いて行く。「どんなものがいいですか」

「名刺がありますか」

「ええ、一応はね」

「それを一枚、枝に突き刺しておいて下さい」

「――こうですか？」

と、室田が、くたびれた名刺を、少し太目の枝の一本へと刺した。

「ええ、結構です」

文江は、草永の方へ、

「ねえ」

と、そっと声をかけた。

「何だい？」

「私、後ろに立ってるけど……」

「それがどうした？」

「大丈夫？　矢に当らない？」

「おい、よせよ……」

だ。
文江は目を見張った。なかなか、さまになっているの
弓を取り、矢をつがえる。――文江は目を見張った。なかなか、さまになっているの

きりりと引き絞って本当に――キリキリという音がした――指を離す。

ヒュッという音で、襲われたときのことが一瞬、文江の頭を走った。

ピシッと音がして、名刺を刺した枝が、みごとにふっとんでいた。

文江は唖然とした。

「お見事！」

と、室田が拍手する。

「だめだな、久しぶりだから」

と、草永は首を振った。「本当は名刺だけ狙ったんですよ」

「しかし、立派な腕前ですよ」

と、室田は感心の態。

「本当ね。びっくりしたわ」

と文江は言った。「人間って、何か取り柄があるものね」

「どういう意味だい？」

と、草永が言った。

「ともかく、ここで練習していた人間がいるのは事実ですな」

室田は、そう言って、草永から弓を受け取った。

「その子供は、矢を拾っただけですか？」

「そう言ってましたわ」

「ふむ……。しかし、練習しようと思えば、明るくなくてはならない。そうなれば、一度くらいは子供の目に触れてるんじゃないかと思いますがね」

「他の子たちにも訊いてみれば良かったですね」

「しかし、しゃべるかどうか。――子供は秘密を大切にするものです。まして相手がよその人では……」

よその人。

文江は、その言葉に、ちょっとショックを受けた。しかし、考えてみれば、あのとき遊んでいた子たちなど、自分が村を出たときには、まだ赤ん坊だったわけなのだ。

彼らから見れば、「よそ者」には、違いない。

「白木から、少し話をさせましょう」

と、室田は言った。「あれも自分なりに必死です。心当りの子供たちへ話してくれるでしょう」

「もし、練習していた人間がいるとしても、犯人とは限りませんね」

と、草永が言った。

「もちろん逮捕はできません。しかし、ああいう場所で練習すること自体、危険です。

それを理由に調べることはできますよ」

室田が急ぎ足で行ってしまうと、文江と草永は何となく立ち止って、黙りこくっていた……。

もう子供たちの姿もなくて、本当に二人きりだった。だが、却って、何だか気恥ずかしいのである。

「――さあ行こうか」

と、草永が言うと、文江もホッとして、

「そうね」

と、草永の腕を取った。

こういうことは気楽にできるし、寝るのも平気で楽しんでいるのだが、いざ結婚の話となると、尻ごみしてしまう。

要するに、結婚して失うものがあるということがやはり不安なのである。

いつか、そうなるかもしれないが、しかし……今は……。

「――あの倉庫ね」

駅まで来て、文江は言った。

半焼した倉庫が、ホーム越しに見える。

「やあ、お嬢さん」

と、やって来たのは、庄司鉄男である。

「仕事はどう？」

「ちっとも憶えらんなくて」

と、鉄男がため息をつく。

こんな暇な線で、憶え切れないのでは、東京の山手線あたりへ来たら、失神するに違いない。

「ねえ、一つ訊きたいんだけど」

と、文江は言った。「――今、大丈夫でしょ？」

「ええ。後三十分来ません」

「あのね、私が、ここに戻った日のこと、憶えてる？」

「七年ぶりにお帰りになったときですか。ええ、もちろん憶えてますよ」

「私、あの日の最終で東京へ戻ったの」

「あ、そうでしたね」

「あの後、私以外で、この村から発って行った人はいたかしら？」

「お嬢さんの後ですか？」

「ずっと後じゃなくて、次の日とか、その次ぐらいに」

「うーん」

と、鉄男は考え込んだ。「さて、誰かって言われても……。年中、村の人はここを利用してますからね」

「でも、隣の町とか、そんなんじゃなくて、何日かの泊りがけで出かける人は、そういないでしょ」

「ええ。ああ、そういえばあのとき、誰かいたな」

「本当？」

「ええ。でも……」

「思い出せない？」

「いえ、憶えてますけど――」

「じゃ教えてよ」

「でも、お嬢さんの後じゃありません」

「私の戻る前じゃ仕方ないの」

「いいえ。その日の夕方です」

文江と草永は目を見交わした。――文江が到着した日の夕方に、ここを発った者がいるのだ！

文江の帰郷は、アッという間に村中に知れ渡っているはずだ。あわてて、その日の内に旅立つ者がいてもおかしくない。

もしかすると、その人間が、文江を襲い、坂東を殺したのかもしれない。

「それは誰?」

と、文江は勢い込んで訊いた。

「宮里医師ですよ」

と、鉄男は言った。

「——参ったなあ」

と、草永と二人で、村の道を戻りながら、文江は言った。

「どうして? 昔からこの村にいる医者なんだろ?」

「ええ。凄くいい先生なのよ。〈医は仁術〉なんて古い言葉を実行してる、まれな人物なの」

「すると、どうも殺人犯とは関係ないようだな」

「でも——一応、疑ってかかるべきだと思う?」

「僕がその先生なら、訊いてほしいね」

文江は肯いて、

「そうね……。あなた、どこか悪くない?」

と言った。

「東京へ?」

と、宮里医師は訊き返した。

「はい。私が帰ったとき、入れ違いに行かれませんでしたか」

「さて、そうだったかな」

と、宮里は天井を見上げて、「ひどい天井だ。雨もりがするんだぞ」

と言った。

「大変ですね」

「いいかね。確かに、その日、村を出て東京へ行ったよ。しかし、あんたが戻ったことは噂しか知らなかった」

「そうですか」

と文江は肯いた。「あの——失礼だとは思うんですけど——」

「何だ？」

「東京にどんなご用だったのか、教えてもらえませんか？」

「お安いご用だ」

と、宮里は言った。「若い女を囲っとるんだ。それで月に一回、小遣いをやりに行くことに——」

「先生！」

と、文江は宮里をにらみつけて、「私は真面目にうかがってるんです！」

「いや、すまん」

と、宮里は笑って、「実は、招かれとったんだ」

「何にですか？」

「ノーベル医学賞のパーティではないが、やはり医者の集りでな。金があるから、食い物がいいのだ」

「そのために東京へ？」

「そうとも。他に何かあるのか？」

「いえ、それならいいんです」

文江は、早々に宮里医院を出た。

何でもないのに注射でも射たれちゃかなわない、と、表で待っていた草永は、文江の話に、

「どうやって？」

「でも一応調べなきゃ。――疑うわけじゃないけどね」

「それじゃ、別に怪しくないじゃないか」

「そのパーティのあった会場に訊いてみる。主催がどこだったのか、そして、先生は本当に出席したのか」

「大分本格的だね」

「そうよ。探偵は辛いわ。たとえ、愛する人でも、弓の名手だから、疑わなくてはならない」

「おい。冗談じゃないぜ」

と、草永は言った。「――しかし、それが正しいかもしれない」

「え？」

文江が見ると、草永は、ポケットへ、何やらしまい込んでいる。

「どうしたの？」

「髪をとかしたのさ」

「それがどうしたの？」

「鏡を見てたんだ。――今のお医者さん、我々をずっと見送ってたよ」

「へえ。じゃ、一体――」

「妙だろ？　それに、鏡の中で見ただけだけど、ずいぶん、暗い顔をしていたぜ」

そう。――文江も、そう感じた。

先生、どこかおかしい。だからこそ、調べる気になったのだった。


「――やっぱり事実だったわ」

と、文江は家の二階へ上って来て、言った。

「うん……」

草永は、あまりTVなんか見ないのに、ただ点けておきたいようだった。

「で、これからどうするんだ？」

「でも一泊じゃないらしいの。一泊なら、滞在費も出るらしいけど、先生は少し長くいたらしいの。パーティの後、どこへ行ったかは不明」

「そうか」

「ホテルへ、行ってるわ、あの先生」

「そうねえ……」

と、文江は考え込んだ。

「室田さんへ知らせないのか？」

「どう思う？　あんまり気は進まないんだけど……」

と、ためらいがちに言っていると、

「失礼します」

と、うめの声がした。

「はい。どうしたの？」

「お電話でございます」

「すぐ行くわ」

——もう夕食も終え、時計は九時近くになっていた。

下へ降りて、電話に出る。

「はい、文江です。——もしもし？」

「お、お嬢さんですか」

「何だ鉄男君？　どうしたの？」

「昼間の話なんですけど――」

「昼の、って……」

「お嬢さんの後、東京へ――」

「ええ。宮里先生ね？」

「実はもう一人いたんです」

「もう一人？」

「ええ。ついさっき思い出したもんですから」

「それは誰なの？」

「ええ、あの次の日に東京まで行ったのは、二人いて――」

「二人も？」

「はい。僕もびっくりしちゃったんですよ」

「誰と誰？」

「それは――」

突然、ドンという鈍い音が、送話口から伝わって来る。

「もしもし？　どうしたの？――鉄男君」

――沈黙。

「鉄男君！——鉄男君！」

カチリ、と音をたてて、電話が切れてしまっている。

あの音は？　もしかすると、銃声だろうか？

そうなると、いても立ってもいられない。

文江はあわてて二階へと駆け上った。

18　夜の乗降客

「銃声だって？」

草永は飛びはねるような勢いで、立ち上った。

「分らないの。でも、そんな風に聞こえたのよ」

「すぐ行ってみよう！」

「ええ。でも——」

「何だい？」

「鉄男君がどこからかけてきたのか、分らないわ」

「なるほど」

草永はちょっと考えて、「ともかく、自宅へ行ってみよう。どこか他の所にいるとしても、ここじゃ調べようがない」

「そうね」

と、文江は肯いた。

——二人が駅の近くまでやって来たとき、途中の家から、ヒョイと出て来た人影と、あやうくぶつかりそうになった。

「——あら、お嬢様」

と、言ったのは、鉄男の母だ。「こんな時間にどこかへお出かけですか？」

「鉄男君は？」

「鉄男にご用ですの？　駅で仕事だと思いますけど」

そうか、と文江は思った。そういえば、まだ最後の列車には間がある。するとあの電話は駅からだろうか？

「じゃ、ご一緒に駅まで参りましょうか」

と、鉄男の母が歩き出す。

文江と草永は、電話の銃声のことはまだ話す気になれず、その後をついて行った。

駅舎は、ポツンと明りが灯っているだけで、静かなものであった。

もちろん、最後の列車に、乗降客はほとんどいない。バスなら、常に「通過」というところだろう。

実際、駅が失くならないのが不思議なほどである。

「どこにいるのかしら、鉄男は」

と、母親は駅舎の方を見て、「あそこにはいないようですね。――鉄男」

呼びながら、ホームの方へ入って行く。

文江と草永は、少し遅れてホームへ入ったが、別に広いホームでもない。人っ子一人いないことは一目で分る。

「変ですね……」

文江は、誰もいないように見える駅舎の方へと近づいて、中を覗き込んだ。――古ぼけた机、椅子、キャビネット。

「見て！」

と、文江は言った。

机の下から、足が出ている。

「大変だ！」

草永は、ドアを開けて中へ飛び込んだ。文江も続く。――やはり殺されていたのか？

すると……机の下から、モゾモゾと鉄男が這い出して来たのである。

そして、呆気に取られている文江と草永を見上げると、

「やあ、お嬢さん！」

と、ヒョイと起き上って、「何かご用ですか？」

と訊く。

「鉄男君……。どうしたの？」

文江はすっかり面食って訊いた。

「いえ、机の下のコンセントがいかれちゃったんで、直してたんです」

鉄男は立ち上って、ズボンの尻をはたいた。

「そうじゃなくて――さっき、どうして電話を切ったの？」

文江の問いに、鉄男はキョトンとして、

「電話って何です？」

と訊き返して来た。

「さっき、かけて来たじゃないの。昼間の話のことで」

「さっきって……。かけませんよ、僕」

「かけないって？」

文江は耳を疑った。「あなたから電話で……急にズドンッて音がして……」

「ズドン？　何です、それ？」

文江は頭を叩いた。もちろん自分のである。

「――つまり、偽電話だった、ってわけだな」

と草永は言った。「ともかく君が無事で良かったよ」

「どうも……」

鉄男の方も、文江に劣らず、わけの分らない様子で、二人の顔を見ている。

「——鉄男」

と、母親が顔を出す。

「あ、母さん。どうしたんだい？」

「出かけた帰りよ。真面目にやってるのかい？」

「当り前だよ」

と、鉄男はシャンと背筋を伸ばした。「俺一人がこの駅をしょって立ってんだぜ」

「いきがってるのはいいけどね」

と、母親が言った。「何だか列車の音がするようだよ」

「いけねえ！」

鉄男は、あわてて帽子をかぶると、ホームへ飛び出して行く。トンネルに、ゴーッと列車の轟音が響き、先頭の、目玉のようなライトが、光を投げながら近づいて来た。

母親がため息をつくと、

「日本の国鉄は大丈夫なんでしょうかね、あれで」

と、社会評論家の如きことを言い出した。

だが、文江の関心は、差し当り、国鉄の未来よりも、あの電話の方にあった。

「鉄男君の声のように聞こえたけど……」

「でも、撃たれもしないでピンピンしてるじゃないか」

「そうなのよね……どうなっちゃっているのかしら、全く！」

と、苛々した声を出す。

草永が何か言った。しかし、ちょうどホームへ入って来た列車の音でかき消されてしまう。

「――何て言ったの？」

と、文江は訊き返した。

「――そこが君とお母さんの違う所だ、と言ったのさ」

「どういうことよ？」

「つまり、妙なことが起ると、君は頭に来て放り出す。君のお母さんはおっとりと受け止めて考える」

「そりゃ、年齢の差よ」

と、文江は言い返した。「――あら、珍しい」

「え？」

「ほら、降りる人がいたわ」

振り向くと、なるほど、人影が一つ、ホームへ降り立ったところである。

明りの届く所まで歩いて来ると、コートに身を包み、顔を伏せがちにした婦人だと分った。かなりの年齢と見えた。

「――切符を」

と、鉄男に言われて、その老婦人は、急いで切符を鉄男の手に押しつけ、小走りに改札口を抜けて、出て行った。

「――まあ、あの人」

と、少し間を置いて、鉄男の母が言った。

「知ってる人？」

と文江が訊くと、

「ええ、ちょっと見たときは分らなかったんですけどね」

と、肯いて、「あの人、坂東さんですよ」

「坂東？」

草永が驚いて、「坂東和也の母親ですか？」

「ええ、間違いありません。ずいぶん老けてしまったので、すぐには分りませんでしたわ」

「あれが坂東雪乃さん……」

文江は呟いた。もちろん、文江とて知っているはずなのだが、やはりあまりに変ってしまっていたのだ。

あまりに思いがけない出現に、二人はしばし呆然としていたのだが――。

「草永さん！　あの人を見失わないようにしなきゃ」

我に返って、文江は駆け出した。

「そうだ！」

少なくとも、坂東雪乃は、夫が殺された事件で、警察が捜しているのである。見付けたからには、警察へ通報しなくてはならない。

が、今の二人は、そんなことは別に気にもしていないのはもちろんである。ともかく、事件を解く鍵の一つが、彼女なのだ。それこそ肝心なことだった。

文江は改札口を出て、町への道を走った。坂東雪乃が、こっちへ来たのは見ていたのである。

年寄りの足だ。そう遠くへ行くはずはない。しかし、しばらく走っても、雪乃の姿は見えなかった。文江は足を止めた。

「おい、どうしたんだ？」

草永が追いついて来る。「いなくなっちゃったじゃないか」

「変だわ、この道しかないはずよ」

「だって、いないよ、本当に」

「そうねえ……。どこへ行っちゃったのかしら？」

「まさかあの婆さんが、百メートルを十秒で走ってったわけないだろうし……」

「途中、どっちかへ隠れたのかもしれないわよ」

と、文江は言った。「ねえ、捜してみましょう。あなたは右側、私、左側を捜すから」

「ＯＫ」

文江と草永は手分けして道の両側を見て回った。——しかし、ついに、坂東雪乃の姿は見当らなかったのである。

「ああ疲れた」

文江は、玄関にペタンと腰をおろして、息をついた。

疲れるはずだ。その怪電話でここを出たのが九時過ぎ。もう十二時を回っている。三時間も歩き回っていたことになるのだ。

「お帰りなさいませ」

と、うめが出て来る。

「まだ起きてたの」

と、文江は上りながら言った。

「はい。お客様がおいででしたので」

「まあ、お母さんに？」

「さようでございます。——お風呂へ入られますか？」

「ええ、そうするわ、お母さんはもう寝たの？」

「お休みになったようです」

「じゃ、こっちも休むことにするわ」

と、文江は欠伸しながら言った。

「ご一緒にお入りになりますか？」

とうめが訊くと、

「いや、別々ですよ」

と、草永があわてて言った。

階段を上がりながら、文江はクスクス笑って言った。

「分って言ってるのよ、うめは。本気にしないで」

「本当は一緒でもいいんだけどね」

と、草永が言うと、

「お断りよ」

と、文江が舌を出す。

「こいつ！」

草永が笑って抱きつこうとしたので、文江は素早く逃れる。二人は笑いながら、二階の廊下で追いかけっこをしていた。

急にガラリと障子が開いて、公江が顔を出す。

「あ――お母さん」

文江があわててピタリと立ち止ったので、草永が止り切れずに追突した。二人は一緒に廊下で引っくり返った。

「若いのはいいことだけど、家を壊さないでよ」

と公江は澄ました顔で言った。

「し、失礼しました」

草永が立ち上りながら頭をかく。

「お母さん、二階で何してるの？」

「お客様とお話ししてたのよ」

と公江は言って、「そうね、お前もお話があるんじゃないの？　入りなさい」

と、障子を大きく開けた。

「まあ――」

文江は言葉を呑み込んでしまった。

そこに座っていたのは、さっき、駅で見た老婦人――坂東雪乃だったからである。

「坂東さんよ」

と、公江が言った。「文江、入ったら？」

「ええ……」

文江は、ポカンとして、部屋へ入ると、座り込んで、「じゃ、お母さんは――」

「姿が消えた謎が分ったね」

と草永が微笑んだ。「要するに、お母さんが迎えに行っていたんだ」

「で、車でさっと連れて来たのね。見付からなかったはずだわ」

「お久しぶりです」

と、坂東雪乃は、文江の方へ頭を下げた。

「こちらこそ……。あの——和也君のことは本当にお気の毒でした。私のせいでもあるんです。申し訳ありませんでした」

とっさのことで、うまい言葉が出て来ないのだ。

「ところで——」

と、草永が助け舟を出す。「今までどこにおられたんです？」

「隣の町に」

と、雪乃は言った。

「隣の町？」

「はい」

雪乃は、笑って穏やかに言った。

「待って下さい」

と、文江が言った。「じゃ、お母さん、それを知ってたのね？」

「私のお友達の家にいたのよ」

と、公江は平然と言った。

「——お母さんたら！」

「私はずっと坂東さんを助けて来たんだもの、今さら見捨てるわけにはいかないでしょ」

「じゃ、生活費を送っておられたのは――」

と草永が言いかける。

「私ですよ。ともかく、この村を追われるようにして出て行った人の面倒をみるのは常石家の者の義務ですからね」

「お母さんらしいわ」

と、文江は肯いた。「でも――坂東さんがあんなことになって――」

「主人を殺したのは、私じゃありません」

と雪乃は言った。

「じゃ誰が？」

「分りません」

と、雪乃は首を振った。

「時々お宅を訪ねていたというお年寄りはどなたなんです？」

と草永が訊く。

「あれは、昔この田村にいた人ですよ」

と、公江が答えた。「一時、この家で働いていてね。それから東京へ出て行ったの。今でも私のためにあれこれ働いてくれます」

「すると、文江さんが帰って来たとき、すぐに坂東さんへそのことを連絡なさったんですね？」

「あの晩にね」

「でも坂東さんは殺された……」

と、文江が考え込む。「——奥さんがアパートを出られたのは十時頃でしたね」

「そうです」

と、雪乃が肯く。

「ご主人はその前に殺されていたと聞いていますが」

「そうらしいですね」

と、雪乃は当惑顔で言った。「よく分りません——主人はあの朝一番の列車でこちらへ向うはずでした。私は荷物を持って追いかけて行くことになっていて……」

「じゃ、別々に出られたんですの？」

「はい。主人がアパートを出たのは七時頃でしょう」

「奥さんが十時ぐらい——ですね」

「ええ。お隣の奥さんと挨拶をしましたわ」

「その間にご主人は殺されているんです」

「——つまり外で殺されて、アパートへ運び込まれたんだ」

と、草永は言った。「ご主人は、出かけるとき、誰かと会うようなことをおっしゃいませんでしたか？」

「いえ、何も」

「じゃ、奥さんは事件のことを知らずに、この村へ来たんですか?」

「隣の町よ」

と、公江が言った。「その方がいいと思ったの。突然帰って来たら、村の人たちも動揺するでしょう」

「で、お母さんのお友達の家に?」

「そこで初めて主人のことを知らされました」

と、雪乃はため息をついた。「——運の悪い人です。やっと、和也の罪が晴れたというのに」

「その点は申し訳ありません」

と、文江は言った。

「いえ、お嬢さんのことをどうこう申しているんじゃありません」

雪乃は急いで言った。「聞けば、和也は銀行強盗までやっていたとか。——いつかはあんなことになる運命でした」

「そこなのよ」

と公江が言った。

「え?」

文江が母の顔を見る。「そこ、ってどういうこと?」

「どうもね、考えてると簡単なことが、実際やってみると割合に手間取ったり、こりゃ大変だなって思うことが、やってみると呆気なくできたり……。そんな憶えがない？」

「そりゃあるけど、この事件と何の関係があるの？」

文江は少々苛々しながら言った。

「まあ待てよ」

と、草永が抑える。「お母さんの話、何となく分るよ」

「ねえ、そうでしょう？　やっぱりあなたの方が娘より一枚上手ですわ」

文江は草永をにらんだ。

「何なら母と再婚したら？」

「おい、そんなに目を三角にするなよ。つまり、お母さんがおっしゃりたいのは、お金をあそこに埋めるのが、いかに大変なことか、ってことでしょう。違いますか？」

「その通りですよ」

と公江が肯く。「大体、警察があのお金を掘り出すのに、どれだけ手間がかかったか、考えてごらんなさい。あんなに深く埋めるのは大仕事ですよ」

「そうか……」

と、文江が肯く。「でも和也君は、あのすぐ後に、警察へ引張って行かれた……」

「家へ帰されてからも、あんなことをやる暇があったかしら？——ともかく、ご両親も家に引きこもっていたはずですもの」

「ええ、とてもそんなことができたはずありませんわ」

と、雪乃が言った。

「ということは、あそこが空家になってから、お金が埋められた、ってわけね」

と、文江は言った。「じゃ、誰が……？」

「あの家の持主は金子駅長だった」

と草永。

「そうです。金子さんから、主人はお金を借りていましたから」

「つまり、金子さんはあの家の鍵を持っているんですね？」

と文江が訊いた。

「はい。お持ちのはずです」

「じゃ、金子さんがあのお金を埋めて、それきり掘り出せなかったのね。やっぱり推理は正しかったんだわ」

「まあ百パーセントとは言えないけどね」

草永が同意した。「すると、金子さんは、銀行強盗の一味だったのかな？」

「ちょっと考えにくいけど……」

しばらく誰も口を開かなかった。

「──どうやら、こんな狭い田村でも、隠された生活があったようね」

と公江が言った。

「金子さんみたいに実直な方にも？」

「そう。――なまじ、真面目と思われている人ほど、暗い部分を表に出せなくて、苦しむものよ」

「よく分ります」

と草永が言った。

ちょっと間を置いて、文江がプッとふき出し、笑い転げた。いささか不謹慎な行動ではあったが……。

19　田村のミス・マープル

文江は、目を覚ますと、枕もとの時計を手に取った。――十時だ。

「もう十時。――ね、起きようよ」

と、文江は、布団の中の、草永を突っついた。

「え？――ああ、もう朝か」

草永は大欠伸をしながら、起き上った。

「たっぷり眠ったでしょ」

「そうでもないよ。運動不足だ」

「ゆうべ、あれだけ運動しといて？」

「まだ足りない。朝のトレーニングに付き合わないか？」

草永が、文江の上に体をずらして行って、キスしながら言った。

「こういうトレーニングなら付き合ってもいいわ」

文江がいたずらっぽく笑って、草永を抱き寄せた。それから、そっと草永の耳もとへ、

「見られてるわ……」

と囁いた。

「また、うめさんかい？　構やしないさ」

「母よ」

草永があわてて飛び起きた。

公江がニコニコしながら障子を開けて、

「お忙しいところをごめんなさいね」

と言った。

「お、おはようございます」

「――お母さん、何か用なの？」

と、文江はのんびりと起き出して、「出かける仕度？」

「そうよ。あなた方だけに任せておくと、いつまでたっても進展しませんからね」

「ご出馬というわけですね」

草永は微笑んで、「これは楽しみだな」

「ともかく、最初は金子さんの奥さんに会ってきましょう。お昼前に伺うと約束してあるから、一緒に来るのなら、早く朝ご飯を食べてちょうだい」

公江が行ってしまうと、文江は呆れ顔で、

「母ったら……ミス・マープルにでもなったつもりなのかしら？」

「いいじゃないか。なかなか良く似合うぜ、お母さん」

「私の母だものね」

と、文江は言った。

「正に同感だな」

「何よ！」

文江は、脱いだパジャマを草永の頭へ投げつけた。

——手早く朝食を採り——と思ったのだが、そこは、うめのプライドの問題もあって、適当に、

「さすがに旨い！」

などと言いながら食べ終える。

やっと外へ出たときは、十一時半になってしまっていた。

「私の車に乗って行きましょ」

と公江が言った。

「お母さん、いつ免許取ったの？」

と、文江が信じられない面持ち。

「三年くらい前かね。何しろヒマで、することもないじゃないの。——それに白木さんが口をきいてくれて、ろくに習わないで取っちゃったのよ」

ひどい話だ。いや、その話よりも車の方はもっとひどかった。

「お父さんが昔使ってたのよ。こんな田舎道、新車を乗り回しても、面白くもなんともないからね」

もはや文江や草永の世代では型名も定かではないポンコツであった。

「——僕が運転しましょうか」

と、草永は恐る恐る申し出た。

「大丈夫。任せて。それにこの車、ちょっとクセがあるの」

と、公江は言った。

「時々ブレーキが効かなくなるんじゃないでしょうね」

「あら、良く分ったわね」

公江がニッコリと笑った。

車が、まるでゴール寸前のマラソンランナーの如き喘ぎを洩らしながら走り出すと、文江は、そっと低い声で草永に言った。

「ミス・マープルは免許持ってたっけ？」

「――まあ、常石の奥様」

金子駅長の未亡人が、ていねいに頭を下げた。

「お邪魔しちゃってごめんなさい」

「とんでもありません」

と、金子正江は言った。「――主人が、あんなことになって、本当にどうしていいものやら、途方にくれておりますの」

「そうでしょうね」

と公江が肯く。

「それに、警察の方のお話では、何だか主人は殺されたのかもしれないということで……。でも、信じられませんわ。主人は人に恨まれるようなことはなかったんですのに」

「誰が犯人か見当がつかないということなんですね」

「もうまるきり……。何だか私が疑われてるようでもあるんですの」

「あなたは、そんなことをする人じゃないでしょ」

「みんながそう思ってくれるとありがたいんですけど」

と、正江は言った。

公江が黙って肯く。――そして、しばらく話が途切れた。

文江は、チラリと草永の方を見た。このまま帰るんじゃ、何の収穫もない。ミス・マープルまではとてもいかないじゃないの、というわけだ。

「でも、金子さん」

と、文江は言った。「ご主人が、あの坂東さんの家を持っておられたのはご存知なんでしょう？」

「ええ、それは――」

と、正江は少し曖昧な調子で言った。

「まあ私に任せて」

と公江は文江を抑えて、「――ねえ、正江さん」

と、ちょっと改まった調子で言った。

「はい」

「あなたは、今、ご主人を殺そうと思う人間なんか思い当らないと言ったわね」

「ええ」

「でも、私は、あなたのご主人を殺したいくらい憎んでいた人を、少なくとも五人は知っていますよ」

――再び沈黙がやって来た。

しかし、それは、さっきの空白とは違って、重く、張りつめた沈黙であった。

「奥様――」

と、言いかけたものの、金子正江は、言葉が続かない様子であった。

「金子さんは、一種の高利貸をしていたのね。もちろん表向きは、温厚で実直な人だったけど……。いえ、きっと駅長さんとしては、至って真面目な人だったでしょうね。でも、裏では田村や、隣の町の人にもお金を高い利子で貸しつけていた。払えなければ、容赦なく家や土地を差し押えたと聞いているわ。それで町や村を出て行かなくてはならなかった人も、一人や二人じゃないはずね」

文江は母の話に、ただ唖然とするばかりであった。

あの金子駅長が！――冷酷な高利貸だったなんて！

未亡人は、頭を垂れて、

「奥様は何でもご存知でいらっしゃいます」

と言った。

「――それでも、犯人の心当りはないの？」

「さあ……。あれは火事騒ぎの夜でした。それに、このところは、主人も体の具合のせいもあって、金貸し業は避けていたはずでございますし……」

「たとえば、まだお金の催促をされて、切羽詰っていたような人はいないの？」

「それは……私はよく分りません。何もかも主人が一人でやっていたことですから」

文江は、その未亡人の言葉に、ふと責任逃れをしようとする気配を感じた。――夫のしていたことを、この人が知らないわけはない。

「奥さん」

と文江は言った。「その貸した先や、返済の記録はないんですか？　帳簿のようなものは」

「さあ、それが……」

と、正江は困惑顔で、「主人が亡くなりまして、いちど捜してみたのですけれど、見付かりませんでした」

「そう」

と、公江が肯いた。「――どうも、いやな話でごめんなさいね」

「いいえ、とんでもない」

あくまで、未亡人は丁重な応対を変えなかった……。


「びっくりしたわ！」

と文江が言った。「――あの人の良さそうな駅長さんが。信じられないくらいよ」

文江と草永、それに公江の三人は、駅の方へ歩くことにした。

よく晴れて風もない、暖かな日だった。

「人間には表と裏があるものよ」

と、公江は言った。

「そりゃ分ってるけど。——でも、金子さんの金貸し業と、今度の事件とどう結びつくわけ？」

「それは考えてみれば分るじゃないか」

と草永が言った。「あの銀行強盗さ。つまり——」

「言わないで！」

と、文江が遮る。「分ったわ。つまり、金子さんから金を返せと迫られて、追いつめられた誰かがやったのね」

「そう考えていいんじゃないかな」

「すると、ますます、金を貸した先が知りたいわね。——お母さんは知ってるんでしょう？」

「ええ、何人かはね」

「誰なの？」

公江は、ちょっと微笑んだ。

「説明は最後よ」

と言った。

「お母さんったら！　ずるいわよ」

「ただね、あの奥さんは、なかなかの人だってことは言っとかないとね」

「未亡人ですか？」

「そうよ。あの人は、何も知らなかったと言ってるけど」

「それは嘘ね。私もそう思ったわ」

「それどころか」

と公江は言った。「私の見たところでは、ご主人よりむしろ、奥さんの方が熱心だったんじゃないかしら。たぶん奥さんがご主人にやらせていた、っていうのが真相だと思うわ」

「そこまで？」

「もうご主人が亡くなってる以上、真実は分らないけどね。金子さんは苦しんでいたんだと思うのよ」

文江も、何となく、〈高利貸〉よりは〈悩める男〉のイメージの方が、金子にはぴったり来る、という気がした。

「──どこへ行くの？」

と、文江は訊いた。「このまま行くと駅じゃないの」

「そうよ。でも、駅に行くわけじゃないの」

「それじゃ、どこへ？」

「庄司さんの家よ」

「鉄男君のところ？」

「母親の方に用があるの」

「へえ」

と文江は言った。

あまり色々と質問するのも、しゃくなので、文江は黙って歩き続けた。

「鉄の男か」

と、草永がふっと呟くように言った。

「え？」

「いや、今思いついたんだ。あの駅員、鉄男君っていうんだろ？」

「ええ、そうよ。それがどうしたの？」

「いや、父親が分らないって話だったけど……」

「あ、そうか！」

文江が手を打った。「――金子さんが父親だったのね！」

「鉄道の〈鉄〉をとったんじゃないかな。それに、あの家へ年中来ていたというし。――すぐ気が付いても良かったな」

「お母さんは知ってたんでしょ」

と、文江が言った。

「もちろんよ。何十年もこの村にいるんですからね。それぐらいのこと、分らないはずがないでしょ」

もう！　ずるいんだから、このミス・マープルは！

手がかりを隠しておくのはフェアじゃない、と文句を言ったところで、どうにもならないのだ。

「その話をしに行くの？」

「違うわよ。私に任せておきなさい」

と、公江は、自信たっぷりの、威厳のある姿で歩いて行く。

つまりは、いつもながらの様子ということである。

「まあ奥様……」

と、鉄男の母は、恐縮の様子である。

「実は金子さんのことで、訊きたいことがあるの」

「駅長さんのことですか？」

「金子さんは亡くなる前に、あなたに何か預けなかった？」

「預ける……。どんな物を、ですか？」

「何でもいいの。ともかく、あなたへ渡して行った物はない？」

「さあ……」

と、首をかしげて、しばらく考え込んでいたが、

「――思い当りませんね」

「そう」

公江は、ちょっと当て外れのようだった。

「お母さん、どういうことなの？」

文江が訊いたが、公江の方は答えず、

「──金子さんが殺されたのかもしれないって話は聞いてるわね」

と言った。

「はい。恐ろしいことです」

「金子さんは、そんな話をしたことはなかった？」

「殺される、ということをですか？」

「そう、誰かに狙われている、とか」

「特別何も……。ただ、金貸しのせいで、みんなに口をきいてもらえないと嘆いておいでした」

「やっていたのは奥さんなんでしょ？」

「もちろんです！」

鉄男の母の口調に、初めて強い感情がこもった。

「金子さんがそう言ったの？」

「はい。いつもぼやいておいででした。──俺は別に大金も名誉も欲しくないのに、女房が欲しがってたまらないんだ、って……」

「最近、その件で、何かこじれていたようなことはなかった？」

「最近ですか？——気付きませんでしたけど」

「そう。——残念だわ。金子さんが心の中を打ちあける所があるとすれば、ここだと思って来たのよ」

「それは間違いありません」

と、鉄男の母は肯いて、「もう、最近の話といえば——鉄男のことばかりでした」

と、チラリと文江たちの方を見る。

「いいのよ。娘も知ってるわ」

「そうでしたか……」

文江は少し前へ出て、

「鉄男君自身はどうなのかしら」

と言った。

「父親のことですか？　特に何とも言っていませんけど、やっぱり、薄々は分っているらしくて」

「そうでしょうね」

「でも実際に、父親同然に、仕事を仕込まれましたでしょう。やっぱり慕っているんですよね」

「立派な将来の駅長さんね」

「ありがとうございます」

と、鉄男の母は頭を下げた。「駅長さんは、あの子が鉄道の仕事を継いでくれるのを、願っていたんですね」

――噂をすれば何とか、で、ちょうど、鉄男が帰って来た。

「母さん、昼飯！」

と怒鳴って上って来る。

そして中を覗き込むと、びっくりして、

「あ――すみません」

あわてて頭を下げた。

「いいのよ。仕事を続けて」

「昼休みです。大丈夫ですよ」

鉄男は帽子をとって、傍へ置いた。

「立派な帽子ね」

と、公江が言った。

「ええ！　これ、駅長さんにもらったんですよ」

「まあ。金子さんに？」

「そうなんだ、母さん」

「そんなこと言わなかったじゃないの」

「だって、亡くなる前の日だよ。亡くなってからじゃ、みんな忙しいんだ」

「ねえ」

と公江が言った。「その帽子を見せて」

「これですか?」

と、鉄男が不思議そうに言った。

公江は鉄男から帽子を受け取ると、手に取って眺めていた。

「お母さん、何をしてるの?」

と、文江が不思議そうに言った。

「これだけが、金子さんの形見ならね、もしかしたら、この中に……」

公江は、帽子のヘリに沿って、指を這わせた。「——何か詰めてあるようね」

「ええ」

と鉄男が肯いた。「ちょっと大き目だから紙を詰めておいた、って——」

「駅長さんが?」

「そうです」

公江は、帽子の内側を、バリバリとはがして行った。

「お母さん——」

「いいから」

公江は、中から、細長く折りたたまれた紙を、抜き出した。帽子の形に沿って、丸く環になっている。

「何か書いてあるよ」

と草永が覗き込む。

公江が紙を押し広げた。文江は、信じられないような思いで、それを覗き込んだ。

「やっぱりね」

と公江が言った。

そこには、名前と、数字が細かく書き記してあった。――数字が金額であることは、すぐに分る。

「お金を貸した記録？」

「そうよ。金子さんは、これをどこかへ隠しておきたかったのね」

「――名前があるわ。村の人たちね。――見て！」

文江が唖然とした。

そこには宮里医師の名前もあった。そして……。

「白木って……あのお巡りさんじゃないのか？」

と草永が訊いた。「呆れたな！」

「ともかく――」

公江は、その紙を折りたたんだ。「これは私が預りますよ。いいわね？」

「はい、もちろん」

と、鉄男の母が言った。「お前も黙ってるんだよ」

「うん」

鉄男は、わけが分らないといった顔をしていた。

20　秘密

「驚いたわ」

と、文江は表に出ると、言った。

「村の生活だって、平穏じゃなかった、ってことよ」

と公江は言った。

「でも、宮里先生がどうして？」

「たぶん、法事があったときの借金じゃないのかしら。それに、町へ出ると、あの人は結構、遊んでいたようだしね」

「何だか幻滅したわ」

「大人の世界だもの。きれい事では済みませんよ」

それはそうだ、と文江は思った。期待する方が間違っているのかもしれない。

都会で、散々、醜い人間模様を見て来てつい、無意識の内に、故郷の素朴な人々、というイメージを作り上げていたのだろう。

どこであろうと、そこが人間の社会である限り、きれいごとでは済むはずがないのだ……。

「すると、どうなるんでしょうね」

と草永が言った。「金に困っていたのは、一人や二人じゃなかったわけですか」

「そういうことになるわね」

と公江が肯く。「――暖くなったわね。そこへ座りましょう」

「どこへ？」

「駅のベンチよ」

「だって――」

「当分、列車は来ないわよ。平気よ」

人のいないホームへ入ると、三人は、古ぼけたベンチに腰をおろした。

「このベンチ、昔からあったやつかしら？」

と、文江は言った。

「そうよ。憶えてる？」

「うん。――でも、こんなにガタついてなかったと思うけど」

「年月がたてば、くたびれて来るわよ」

と、公江は言った。

「見たところは変らないように見えても、変っているのね」

「そう」

──平和な静けさだった。

ホームには人もなく、レールは眠りこけている。その眠りを覚ます列車の響きは、まだしばらくやって来ない。

「──どういうことなんでしょうね、今度の事件は」

と草永が言った。「お母さんには何か考えがおありのようですけど」

「お金が総ての中心だった、と言っていいのかしら」

と文江が言った。「つまり、金子さんが──というより、金子さんの奥さんが、みんなにお金を貸しては、取り立てていた。そして誰かが、銀行からお金を奪って来ようと思いついた……」

「それは逆じゃないかな」

と草永が言った。

「え?」

「いくら借金してて、困ってるからって、銀行強盗までやるかね」

「そこが問題ね。だけど、実際にお金は盗まれているわ」

「こう考えたら?」

と、公江が言った。「強盗が他にいたとしたら？」

「まだ他に？」

「銀行を襲った人は、どこに逃げると思う？」

「あの町からなら……山の方ね」

と文江は言って、肯いた。「そうか。強盗が山に隠れていて、和也君が、それに出くわしたんだわ！」

「そう考えた方が自然でしょうね」

「すると、どうなったのかな」

と草永が考え込む。「強盗と、和也との間で、格闘になる。——和也が強盗を殺したんだ！　きっとそうだ。それであの血染めの手拭いのことも、説明がつく」

「ところが、和也君は、お金を見て、欲を出したのね」

「無理もありませんよ」

と公江は言った。「この村じゃ、まずお目にかかれない大金だしね。ついフラフラッとしたんでしょ」

「で、強盗の死体をどこか山の奥へ埋めたんだ。そして金を持って帰った。——まさか、君が行方不明になってて、その殺人容疑をかけられるとは思わなかったんだろう」

「それじゃ、しゃべれなかったわけね」

と、文江は肯いた。「ごまかし通せば、お金は自分のものになるわけだし」

「すると、どこにお金を隠してたんだろうな？」

「自宅の床下へ埋めるのは、危険だったでしょうね」

「するとどこか山の中？　でも、掘り出しに行くのは目につくね」

「もっといい隠し場所があったんでしょう」

と公江が言った。「若い人たちの『秘密の場所』になっているところが」

文江は、線路越しに、半分焼け落ちたあの倉庫を見やった。

「――あの中ね！」

「あそこなら、大して苦労せずにお金を隠しておけるでしょうね」

「なるほど……」

草永は立ち上った。「行ってみよう。もちろん、痕跡なんて残ってないだろうけど」

「行きましょう！」

と文江も立ち上る。

「二人で行っといで」

と、公江は言った。「私はくたびれるから、いやよ」

――文江と草永は、土手を上って、焼け落ちた倉庫の前に立った。

村の若者に襲われかけた所である。

「――お母さんの言う通りだろう。ここがまず隠し場所として思いつくよ」

「いつもガラクタで一杯だものね」

「問題はその後だ」

と、草永が考え込む。「なぜ和也は死んだのか?」

「自殺のはずはないとすると……」

「殺されたんだ。――犯人は、和也が金を隠していたことを知っていた」

「殺したということは、金の隠し場所を訊き出したってことなのね」

「おそらくね。だが、和也は誰にしゃべったんだろう?」

「分らないわ……。よほど心を許せる相手だったのか……」

「その相手が金に困っていたとしたら? あのリストの中の誰かで」

「ありうるわね。話を聞いて、お金を自分のものにしようとした……」

文江は、手でそっと首をこすっていた。

「――どうしたんだい?」

「え? ああ、別に……。ほら、例の、首を絞められたところだわ、ちょっとかゆくて気になるの」

「そういえばそんなこともあったっけ」

「何よ、冷たいのね」

と、文江は笑った。

「ともかくここまで入りこんだんだから、もう後戻りはできないね」

と、草永は言って、焼け落ちた倉庫を眺めた。「――一体誰がやったのかなあ。金は、人を狂わせるからね。僕なんか、却って金があると落ち着かないよ。結婚しても小遣いは少しでいいからね。——ねえ。——おい、どうしたんだ？」

「ねえ、来て」

と、文江は、草永の手を引張った。

「どこへ行くんだよ？」

「いいから」

文江は、青ざめた顔をしていた。

ホームへ戻ると、公江がベンチに座って居眠りをしている。ちょうど鉄男がやって来た。

「やあ、お嬢さん」

「母がいるの。お願いね」

「ええ、構いませんよ。どうせヒマですからね」

と快く肯く。

文江は、草永の先に立って、ずんずん歩いて行く。

「おい、どこへ行くんだよ？」

と草永が声をかけても、振り向きもしないのだ。

すると、突然クルリと振り向いて、

「ねえ、私と結婚したい？」

と言った。

草永は面食って、

「じゃ、私の頼みを何でも聞いてくれる？」

「当り前だよ」

「いいよ」

「本当に何でも？」

「君のためなら、掃除でも育児でも」

「そんなんじゃないの」

「じゃ、何だい？」

「人を殴ってほしいの」

草永が目をむいた。


「――またおいで」

宮里医師が、子供を送り出していた。

「先生、こんにちは」

「やあ文ちゃんか」

「ちょっとお話があるんですけど」

「いいとも」

宮里は診察室へ入ると、「——何だね、二人揃って。避妊の相談かな？」

と、笑いながら言った。

文江が草永へ肯いて見せた。草永は進み出ると、軽く一礼して、

「失礼します」

と言うなり、拳を固めて、宮里医師を殴った。

宮里は部屋の隅まで吹っ飛んで、棚にぶつかり、床にずり落ちた。——やっとの思いで起き上ると、

「おい——何をするんだ？」

と、目をパチクリさせている。

「お返しです」

と文江は言った。「これのね」

指で、首筋を指す。

宮里は、じっと文江を見上げていたが、やがて、ホッと息をつくと、床の上にあぐらをかいた。

「——どうして分った？」

「あの声。——ずっとお会いしてなかったから分らなかったけど、こうして会ってお話しすると思い出して来ますよ。それに、殺さないように、微妙なところで止めるなんて、

多少でも専門知識のある人でなきゃ、できないでしょ」

「すまん」

宮里は頭を下げた。

「でも、坂東さんを殺したのは、まさか――」

「違う！　私じゃない！」

と宮里はあわてて言った。「そんなことまでするか。――いくら何でも、私は医者だぞ！」

「威張れませんよ、あんなことしといて」

と、文江はにらんだ。

「うむ……。まあそう言われればその通りだが」

宮里は頭をかいた。

「――私、別に先生を訴えるつもりはありません。でも、その気になれば、殺人未遂で逮捕ですよ」

「分っとる」

「理由を話して下さい。――なぜあんなことまでして、私を田村に来させまいとしたんですか？」

宮里は、起き上ると、古ぼけた椅子に腰をかけた。椅子がキュッと鳴った。

宮里は、急に老け込んだように見えた。

「——少しだけ待ってくれんか」

と宮里が言った。

「だめです」

と文江がはねつける。

「なあ、頼む。——これは私一人の問題じゃないんだ。私だって、自分の身だけが可愛くて、お前さんをおどかしたわけじゃないんだよ」

「それは分ります」

「だから一日だけ待ってくれ。必ず、事情を説明する」

宮里は身を乗り出すようにして言った。

「約束してくれますか」

「約束する。——信じてくれよ」

文江はしばらく考えてから、

「分りました」

と言った。

「ありがとう」

「明日、また来ます」

「分った。待っているよ」

——文江は、草永を促して、外へ出た。

「いいのかい？」

と草永が訊いた。

「だって、仕方ないじゃないの」

「僕はあのまま、押すべきだったと思うけどね」

「そうね」

文江にも、それは分っていた。——しかし、やはり自分も田村の人間なのだ。つい、相手を信じてしまう。

「もう返事をしてしまったんだもの、いいじゃない」

と、自分に言い聞かせるように、文江は言った。

「——どこへ行く？」

と、草永が足を止める。

「あ、母を迎えに行かなきゃね。じゃ、駅へ行きましょうか」

二人が駅へと歩いて行くと、向うから、鉄男が走って来るのが見えた。

「どうしたのかしら？」

「何だかあわててるね」

鉄男は、帽子が落ちるのも構わずに走って来た。

「お嬢さん！」

「どうしたの、鉄男君？」

「お母さんが大変です！」

文江の顔色が変った。

「母がどうしたの？」

「ずっと眠っておられて——何だかおかしいんで、声をかけたら——意識がないみたいなんです」

文江は愕然とした。

「——お母さん」

文江が駆け出す。草永も、あわてて、その後を追った。


「——心臓が、かなり弱っていますね」

と、医師が言った。

「そうですか」

「当分は安静にしておかないと」

「どんな具合なんでしょうか」

「まあ、すぐに危険ということはないと思いますが、大事にしなくてはいけません」

「分りました」

文江は礼を言って、頭を下げた。

――ここは、田村の隣りの町の病院である。

白木巡査が、すぐ救急車を手配してくれて、ここに運び込んだ。

この辺では唯一の、総合病院なのである。

時計を見て、文江は驚いた。もう夜の八時になっている。

「――どうだい？」

草永がやって来た。

「あ、草永さん」

「具合は？」

「今、眠ってるわ。当分安静ですって」

「そうか」

二人は、廊下をゆっくりと歩いた。

「――私がずいぶん苦労をかけたのが、悪かったのかもしれないわ」

と文江が言った。

「それは仕方ないよ。子供は親に苦労をかけるものさ」

「ええ。――でも、私の場合は特別よ」

「自分を責めない方がいい」

「大丈夫。こんなことで落ち込む私じゃないわ」

と、文江は微笑んだ。

「それでこそ君だ」

草永は文江の肩に手を回して、力を込めて抱いた。

「――あなた、どうするの?」

「うん、この町のホテルを取って来た。ここから歩いて五分、走っても十分って所だ」

「なあに、それ」

と、文江は笑い出した。

自分を元気づけようとしてくれる草永の心づかいが、ありがたかった。

「その部屋からここへ交替で通おうよ。君もつきっきりじゃ疲れるだろう」

「そうね。ありがとう」

「ともかく今夜は――」

「私、ついてるからいいわ」

「そうかい?」

「一応娘ですからね、これでも」

と文江は言った。

「ちょっと見舞っていいかい?」

「もちろんよ」

草永が病室へ入っている間に、文江は、湯を沸かして、お茶を淹れた。

病室へそっと入って行くと、母が目を開いた。

「あら、お母さん、起きたの？」

「僕が起こしちゃったようだな」

と、草永が頭をかいた。

「いいんですよ」

公江の声は、いつもと変りなかった。「文江も、かまわないのよ、ここにいなくたって」

「まさかあ」

と、顔をしかめて、「いくら何でも、私にも子供としてのプライドがありますからね」

「ま、いいわ。じゃ、ここにいてちょうだい。――草永さん、すみませんね」

「いいえ、とんでもない」

草永は快く言った。「じゃ、交替に来るからね」

「ええ、ありがとう」

文江は、草永を、病院の出口まで送って行った。

「――明日はどうするんだい？」

と、草永は言った。

「明日？――ああ、宮里先生の話ね」

文江は考え込んだ。「母の具合次第ね。落ち着いていれば……」

「そうだな、ともかく、明日来るよ」

「うん。——それじゃ」

ホテルの部屋を教えて、草永は病院を出て行った。

文江は、やっと自分に帰ったような、そんな気がして、ゆっくりと病室の方へ戻って行った。

病院の夜は早い。——もう大部分の病室は眠りについているようだった。

母の病室まできて、ドアを開けようとした文江は、足音に振り返った。

「まあ」

と文江は言った。「どうしたの？」

立っていたのは、杉山百代だった。

「——お母さん、どう？」

「ありがとう。心臓らしいの。今は落ち着いてるわ」

と、文江は言った。

「良かったわね。鉄男君から聞いて、びっくりして……」

「わざわざありがとう。——何しろ娘の出来が悪いと、母親の心臓も、苦労が多いわけよ」

と、文江は言って笑った。

百代は、何だか目を伏せがちにして、妙な様子だった。

「どうしたの？」

と文江は訊いた。

「ちょっと……話があって……」

「私に？」

「こんなときにごめんなさい」

「いいわよ、――じゃ、ともかく……どこかに座ろう」

文江は百代を促して、明りの消えた待合室へ行った。――廊下の明りが入って来るので、そう暗くはない。

「何なの、話って」

百代はしばらくためらっていたが、やがて思い切ったように顔を上げて、

「あのメモをちょうだい！」

と言った。

21　仮面の下の顔

しばらく、文江はポカンとしていた。

「メモって――」

「あなたが手に入れたって聞いたわ。金子さんからお金を借りていた人のメモよ」

「どうしてあなたが——」

「主人の名前も入ってるの」

「ご主人の？」

文江は目を丸くした。そういえば、あの紙を、細かくは見ていないのだ。

「じゃ、ご主人もお金を借りていたの？」

「ええ。でも、変なお金じゃないわ。——仕方なかったのよ。学校の経理で、ちょっと穴をあけてしまって」

「それを埋めるために？」

「そうなの」

百代は、思い詰めた目で、文江を見つめていた。「——お願い！　あの紙をちょうだい！」

「そう言われても……」

「あれが公表されたら、主人はクビになっちゃうわ！」

それはそうかもしれない。——文江としても、辛いところだった。

「でもね、百代、あれが事件を解くための、鍵になるかもしれないのよ。それに、警察だってやたらにそんなものを公表したりしないわ」

「分るもんですか！——そんな話は——いつの間にか、どこからか広まって行くわ。あんな小さな村ですもの。文江、友達でしょ？　お願い。――この通りよ」

「やめて。手を上げて。ねえ……。私だって、この事件を解決しなきゃならないのよ、分って」

「何が事件よ！」

と、百代は立ち上ると、叫ぶように言った。「何年も昔のことをほじくり返して、せっかくみんなが平和に暮してたのを引っかき回して、何を気取っているの！」

「百代……」

「あなたはもう、田村の人間じゃないのよ！　分る？　よそ者なのよ！」

百代は文江の方へかがみ込んで、低い声で言った。「どうして帰って来たの？　どうして東京で好きな男と暮してなかったの？　自分で捨てた村へ、好きなときにノコノコ帰って来るなんて、あんまり勝手じゃないの」

「百代、やめて」

文江は顔をそむけた。「私だって――好きでこんな騒ぎを起こしたわけじゃないわ」

「あなたが帰って来なければ、坂東さんだって、金子さんだって、死なずに済んだのよ」

「やめて！」

文江も立ち上って、真直ぐに百代の目を見返した。「――ここまで来たのよ。今さら、元には戻せないわ。今、私が手をひいても、元には戻らないのよ」

「それはあんたの勝手だわ」

百代は言った。「あのメモを渡して」

「だめよ」

百代が、手にしていた紙袋から、肉切り包丁を出して、握りしめた。——刃が白く光った。

「よこしなさい！」

文江は信じられなかった。——これは夢だ。悪い夢なんだ、と思った。

「さあ、早く！」

百代の声が震えている。

「百代……。あなたに私が刺せる？」

「昔の友情なんてあてにしないで。今は主人と子供たちの生活を守らなきゃならないのよ！」

百代は真剣だ。文江にも、それは分った。

「刺すわよ、本当に！」

文江は、恐ろしくなかった。ただ、無性に哀しかった。

七年の歳月とは、こんなにも、長いものだったのか。

「——百代さん」

思いがけない声がした。——公江が、入口に立っていたのだ。

「百代さん。おやめなさい」

常石公江の言葉は、重かった。百代は、包丁を取り落とすと、逃げるようにして、走り去った。

文江はペタン、とベンチに腰を落とした。

「お母さん、私……」

「何も言わなくていいよ」

と、公江は、娘の肩に手をかけた。「分ってるよ」

文江は、涙が出て来るのを、拭いもせずに放っておいた……。

「——帰るって？」

草永が、びっくりしたように言った。

「ええ」

文江は肯いた。

病院の近くの喫茶店だ。——文江は、一睡もしていなかった。

「何があったんだ？」

と草永は訊いた。

文江は、昨晩の出来事を話して聞かせた。

「そうか」

草永は肯いた。「なるほどね」

「もともと私が口を出す問題じゃなかったのよ。警察へ任せておけば良かったんだわ。――もう東京へ帰って、おとなしくしてるわ、私」

草永がじっと文江を見つめて、

「本当にそう思ってるのかい?」

と訊いた。

「ええ、もちろんよ」

と言ってから、文江は、深々と息をつき、うつむいた。「――いいえ。帰りたくないわ」

「そうだろう。ここまで来たんだ。やめちゃいけない」

文江は草永の手を握った。

「でも、あなた、最初は、やめろと言ってたじゃないの」

「あのときはまだやめられた。でも、今はだめだよ」

「みんなが私のことを、憎むかしら?」

「世の中の人、全部を敵に回すわけじゃないんだ。――大丈夫。村の人たちだって、ずっと後になれば、分ってくれるさ」

草永の励ましは単純で、それだけに力強かった。

「分ったわ。――ともかく、やってみましょうか」

「そうだとも！」

草永は肯いた。「今日は、宮里先生に会うんだろう？」

「そうだったわね。——でも母にもついてなきゃ」

「じゃ、僕が宮里先生に会って来てもいいよ」

「いえ、私が行くわ！　あなた、母をみててくれる？」

「そりゃいいけど……」

草永はためらった。「でも、一人じゃ危くないかい？」

「大丈夫よ！　相手は宮里先生ですもの」

「忘れるなよ。君はあの人に首を絞められたんだぜ」

「でも殺さなかったわ。そんな度胸ないのよ、あの人」

「そうかな」

「ともかく、危いことはしないから、心配しないで」

「気を付けろよ」

草永は不安そうに言った。

「分ってるって。これで、宮里先生の話を聞けば、事件の真相も、大分はっきりして来ると思うな」

「そうだね。——あんまり調子に乗っちゃ、危いぜ」

「心配性ね」

と、文江は笑顔を見せた。

――田村へ足を踏み入れると、文江は何となく奇妙な静けさに囲まれて、当惑した。

人の姿が、あまり見えない。

息をひそめて、静まり返っている、という感じである。――どこか、おかしい。

宮里医院の前へ来て、またまた文江は当惑した。

〈本日休診〉

の札が、下がっている。

玄関の戸を叩いてみたが、一向に返事もない。隣の主婦が顔を出して、

「常石さんのお嬢さんですね」

と言った。

「はい」

「先生が、神社へ来てくれるように、って――」

「神社へ？」

「ええ。そう伝えてくれ、と」

「――分りました。どうも」

神社か。――あの、アーチェリーの矢を見付けた所である。

何となく、気に入らなかった。きっと、草永はやめろと言うだろう。

文江は神社へ向って歩き始めた。——ともかく、自分で始めたことなのだ。自分で、けりをつける。

道でも、人に会わなかった。——百代の家の前で、足を止め、ためらった。

よほど声をかけようかと思ったが、やめておいた。今は、まだ早すぎる。

神社への道が、長く感じられた。疲れているのか。それとも都会暮しで、足が弱っているのだろうか。

確かに、百代の言葉通り、自分は、「よそ者」なのかもしれない……。

境内は、静かだった。

晴れ上って、暖いのに、子供たちの遊ぶ姿もない。気味が悪かった。

文江は、ゆっくりと進み出て、

「宮里先生！」

と呼んだ。「——先生！——文江です。先生、どこにいるんですか？」

返事はなかった。

誰かがいる。——突然、文江はそれに気付いた。

目には見えないが、人がどこかに潜んでこっちを見ている。それも一人ではない。

顔から血の気がひいた。——来るんじゃなかった、と思った。

しかし、もう遅い。こうなったら、怯えないことだ。

「誰なの！」

と、強い声で言った。「隠れてる人、出てらっしゃい！」

林の奥の茂みがザーッと揺れた。

男たち――お面をつけた男たちが現れた。二人、三人――五人。

あの倉庫の焼跡で、襲ってきた連中かしら、と思ったが、もちろん、おかめやヒョットコの面で隠れていて、顔は分らない。

しかし、その物腰や体つきは、どうも、あの若者たちのものではなかった。もっと中年男のそれだ。

「誰？　何の用？」

文江は、男たちが手に手に、棒きれや、縄を持っているのに気付いて、ゾッとした。

私刑！――どこかの木にでも吊すつもりなのか。

「誰なの……」

と文江は、ジリジリと後ずさった。

突然、ある光景が、頭の中を駆け抜けた。

坂東和也の死。あれも、私刑だったのではないか。こうして、同じように自殺に見せかけて、吊されたのではないか。

文江は、もしこのまま首を吊って死んでいるのが発見されたら、どうなるだろうか、と思った。おそらく、自殺で片付けられるのではないか。

そうやすやすとはやられない。

文江は、男たちの間を駆け抜けようと足を踏み出した。ヒュッと風を切る音がして、矢が足もとに突き立つ。ハッとした。

男たちが飛びかかって来るのを、辛うじてかわすと、境内を、石段の方へと駆け出す。

しかし、前に立ちふさがった人影に、ギクリとして足を止めた。

「白木さん！」

白木巡査が、アーチェリーの弓を手に、立っていた。

「お嬢さん。──こんなことはしたくないが、村のためです」

と白木は言った。

文江は唖然として、振り向いた。──男たちが迫って来る。

「──和也の奴が見つけて来た金は、大金だった」

と、白木が言った。「村にとっちゃ、本当に、見たこともない金でした」

「だから、和也君を殺して、金を奪ったの？」

「あれは自殺ですよ」

「嘘だわ。こうして私刑にかけたんでしょう。自分でも分っているくせに！」

「宮里先生も、ちゃんと自殺という結論を出しましたよ」

「そうだ」

男たちの一人が面を取った。宮里医師だった。

「先生……。それじゃ、みんなでぐるになって——」

「みんなじゃない。——和也は、警察の訊問で、あの金のことをしゃべった。それを聞いたのは白木さんで、どうしたものかと、我々が相談を受けたんだ」

「盗んだお金よ!」

「しかし、我々は借金で苦しんでいた。金子駅長の女房が、高利貸のようにうるさく取り立てたからね」

「それにしたって……」

「あの金を盗んだ強盗は、和也が殺した。そして和也は金をあの倉庫へ隠したんだ」

「そして和也が死んだ。両親も村を出て行った。あの金のことは、誰も気にしちゃいないんだ」

宮里は言った。「返したところで、何もしてくれるわけじゃない。そうだろ? 盗まれたのは銀行だ。金に困るわけでもないさ。——それなら我々が使おう。そう思ったんだ」

「都合のいい理屈ね」

「そうかもしれん。しかし、あれで実際に、我々は救われた」

「金子さんはそれを知っていたの?」

「もちろんさ。しかし、あの女房ががめつくて、金の分け前を取って行った。銀行の金の入っていた布袋は、あの倉庫に埋めてあったんだ」

「それで、何もかも無事に済んだわけね」

「そう。和也は、あんたを殺して自殺、ということで事件は終った。ところが——」

「七年たって、私が帰って来た」

「そういうことだ」

宮里はため息をついた。「なぜ帰って来たんだ」

「私もそう思うわ。でも、もう今さら、なかったことにはできないでしょう」

「そういうことだね」

と宮里は肯いた。

「それで、まず私をおどかそうとして、首を絞めた。それで諦めると思ったのね」

「あのお嬢さんが、こんなに気の強い女になっているとは思わなかったんでね」

「坂東さんを殺したのは誰？」

宮里が、白木を見た。白木が目を伏せる。

「あなたがやったの？」

文江は目を見張った。「警官でしょう！　それなのに——」

「やる気はなかったんだ」

と白木は言った。「本当ですよ。前の晩に坂東の親父に会ったんです。ともかく、和也があなたを殺してなかったことははっきりしたわけですからね。——でも、村へは帰って来ない方がいい、と言ってやったんです。ろくなことはないし、村の連中も、却っていやな顔をするだろう、って。──ところが、あいつは聞きやしない」

「それが当然でしょう」

「それどころか。──口論している間、ヒョッと向うが口を滑らしたんですよ。『あの金のことだって知ってるぞ』って」

「知ってたのね」

「親父の方だけでしょうが、和也が打ちあけてたらしいですな。しかし、坂東としては、そんなことを公にすりゃ、息子の罪を上塗りするようなもんだ。黙っていたんですよ。──でも村の様子を、色々と──たぶんあんたのお母さん辺りから聞く内に、どうやら金を手に入れた奴がいるらしいと察していた。調べていたのかもしれんですな。どうせ、することもないんですから」

「それで……」

「村へ行って、何もかもぶちまけてやる、と言い出した」

「白木さんのことも、知っていたのね」

「何しろ、当人が、金子さんからの借金の常連で、他に誰が借りているか知ってましたからね。その連中が、みんな家を直したり、金回りが良くなったと知れば、おかしいと思いますよ」

──どうして、あんなに早く、殺人犯が坂東のアパートを知ることができたのか、文江には不思議だったのだが、警官なら調べるのは容易だろう。

「次の日の朝、もう一度表で会って、話をしましたが、とても聞きやしない。仕方なかったんですよ」

「言いわけは結構よ」

と、文江は言った。「――倉庫へ火をつけたのは誰？」

「ありゃ、百代の亭主さ」

と、宮里が言った。

「百代の？」

「ああ」

文江は少し間を置いて、言った。

「百代のご主人はどこまで知っているの？」

「金のことは知らん。よそ者だしね。――ただ、金子から、やはり借金をしていた」

「知ってるわ」

「そうか、あのメモを手に入れたそうだな」

「ええ」

「どこにある？　まあいい。しゃべりそうもないいな」

「当り前よ」

「あの亭主は気が弱いんだ。――我々は、あの倉庫にある銀行の袋を、どうにかしなきゃならなかった。しかし、持ち出すのは目につくし、どこへ埋めたって、また心配だ。

そこで火をつけて、あの中のガラクタと一緒に燃やしちまおうと思った。それまで我々がやるより、他の人間をたきつけてやらせた方が、いざというとき、味方もできる、と思った。それで、借金の記録が、その倉庫にあるらしいと吹き込んで、火をつけさせたんだ」

鉄男が見たという、ホームの男女は、百代とその夫だったのだ。

「で、その間に金子さんの薬に毒を混ぜたのね。――なぜ？」

「金子さんは、弱気になっていてね」

と、白木が言った。「もう病気で長くないことは、みんな知っていた。あの人は、もともと奥さんに引きずられるようにして生きて来たが、先が長くないと分ると、何もかも白状してしまおうと思ったんです」

「それを止めようとしたのね」

「やったのは宮里さんですよ。私は知らなかった」

「何を言ってるんだ」

と宮里は苦笑した。「言わなくたって分ってたはずだ」

「じゃ、あの坂東さんの家に埋めてあったお金は何なの？」

「あれは金子さんが作ったお金なんです」

と白木が言った。

「金子さんが？」

「女房に黙って、あの家まで抵当に入れて、金を作ったんだ。死んで、後から分って、女房は卒倒しそうだった」

「じゃ、盗んだお金を返すつもりで？」

「ああ。まるで同じ額にして揃えておいたんだ。全くご苦労なことだ。そうしなきゃ、死ねなかったんだろうな」

「お金を返すのに、わざわざあそこへ埋めたの？」

「やっぱり自分がやったことになっちゃ困る。それで、どこかから出て来るってことにしたんだろう。それにはあの空家が一番だ。七年間、ずっと閉っていたんだからな」

「そこにずっと埋っていたと思われるだろうってわけね。でも、それをどうやって知らせる気だったの？」

「分らんね。ともかく、あれは金子一人のやったことだ」

あの空家に出たという〈幽霊〉は、一体何だったのだろう？　あのとき、金子はもう死んでいた。

「――さて、これで気が済んだかね」

と宮里が言った。

「私を矢で射ったのは白木さんね。車でひこうとしたのは、先生？」

「おどかしただけだ。殺す気はなかった。――あんたが、おとなしく東京へ帰っていれば良かったんだ」

文江は、自分を囲む男たちを見回した。白木、宮里の他も、古い、よく知っている村の人たちだ。

「私が帰ったからって、どうにもならないわよ」

と文江は言った。「私を殺してもね。――私の恋人や、それに県警の室田さんは、もう真相をうすうす察しているのよ。どうするの？　みんな殺すつもり？」

一瞬、ためらいが、男たちの間に走った。――これなら大丈夫かもしれない、と文江は思った。

「一度、二度とやる度に、楽になるわ。悪いことはね。これきりだと思っている内に、どんどん深い所へはまっていくのよ」

「説教かね」

「違うわ」

文江は、宮里を真直ぐに見返した。「時がたてば、総てが忘れられるというわけじゃないのよ。時がたっても、消えない罪があるのよ」

「いい度胸だな、さすがに常石の娘だ」

「借金していた人たちのリストも、手に入っているわ。そこから、金子さんを殺したのがあなただって察しがつく。一つ分れば、そこからもう一つ、もう一つ、と真実がたぐり寄せられて行くわ。――もう諦めなさい。いつかは何もかもが明るみに出るのよ」

「今さらそんなことはできんよ」

宮里が、両手でがっしりと文江をつかまえた。――力では逆らってもむだだ。

白木が、言った。

「やめよう、宮里さん」

「何だと？」

「お嬢さんを殺すことはできんよ」

「怯気づいたのか。お前だって、クビになって監獄行きだぞ」

「分ってる。しかし――」

「じゃ、そこで黙って見てろ！　縄を貸せ。俺がやる」

他の男たちが、文江を押えつける。宮里が、縄を輪にして、木の太い枝へと投げた。

「――さあ、これでいい」

宮里の声が、引きつっている。額に汗が浮んでいる。

「後悔するわよ」

と、文江は言った。

「酒でも飲みゃ忘れるさ」

「一生酔っ払っているつもり？――」

「人のことは放っておけ！――俺だって、好きでやるんじゃない」

縄の輪が、文江の首にかかった。輪が絞められて、少し首に食い込む。

これで死ぬのかしら？　何だか妙な気持だった。

まるで、お芝居の一幕のようで……。そう。ここへ誰か、ヒーローが颯爽と現れて助けてくれるのだ。

「さあ引張るぞ」

と宮里が枝越しに垂れた縄へと手をかけた。

そのとき、

「こらあ！」

と凄い声がした。「お嬢様に何をするんだ！」

「うめ！」

と、文江は言った。

うめが、着物の裾をはしょって、時代ものの、なぎなたを手に、立っている。

「この……悪党め！」

と叫んだと思うと、ビュンビュンと、なぎなたを振り回しながら、突進して来た。

「危い！」

「逃げろ！」

「やめてくれ！」

そのうめの剣幕と迫力に圧倒されて、宮里も白木も、飛び上って逃げ出した。

「卑怯者！」

うめは、ウォーと、獣のような声を上げて追いかけたが、すぐに戻って来て、

「お嬢様！　大丈夫ですか！」

「ありがとう。助かったわ」

文江は、縄を外して、息をついた。「こんなネックレスは願い下げだわ」

「鉄男から電話があったんですよ」

「鉄男君？」

「ええ。白木さんが、列車で東京へ行ったことを黙ってろって口止めしたそうで、何か様子がおかしいって。そしたら、子供が駆けて来ましてね。ここでお嬢様が囲まれてるって。――で、あわててやって来たわけで」

「そう。ともかく良かった。――肝心の恋人はどうしたのかな」

まるでそれに答えるように、

「おい！――大丈夫か！」

と、叫ぶ声がして、見ると、草永と、室田が走って来るのが見えた。

「――村は大騒ぎ」

と、文江は言った。

「そうだろうね」

公江がベッドの中で肯いた。

「白木さん、宮里先生……それに、百代のご主人も放火の罪で。――百代は関係ないとかばって、ご主人一人の罪になったようよ。気が重いわ」

「お前のせいじゃないよ」

「でも――」

「本当なら、みんなずっと前に、その罪を償ってなきゃいけなかったんだよ。それが遅れただけ。お前がすまないと思うことはないのよ」

「ええ、それは……」

「安心していなさい」

と、公江は言った。「後は私が何とかするよ」

「お母さんが？」

「そうさ。捕まった人の家族の面倒は、私がみてあげる」

「本当に？」

「それが常石家の仕事よ。代々のね。私が死んだら、お前に継いでもらおうかね」

「当分は元気でいてね。しばらくは彼と新婚生活を楽しみたいから」

「お前は勝手ばっかり言って。それでも常石家の娘なの？」

そう言って、公江は笑い出した。

文江も一緒になって笑った。

「やあ、にぎやかだな」

と、病室へ入って来たのは、草永だった。

「あら、遅れて来たスーパーマン」

「おい、皮肉はよせよ」

と、草永は苦笑した。「宮里の行先をつきとめるのが大変だったんだから」

「うめがいなかったら、私は哀れ、美人薄命を証明するところだったのよ」

「証明したじゃないか」

「何ですって？」

「いや別に」

草永は咳払いをした。

「うめとしては、罪滅ぼしのつもりだったのよ」

と公江が言った。

「罪滅ぼしってどういうこと？」

「お前が家を出て行ったあと、部屋が荒らされて、書置きもなくなっていたの憶えてるだろ」

「ええ。不思議だわ、あれが」

「うめがやったのよ」

「うめが？――どうして？」

「うめなりの哲学があるからね。名家の娘が自分から家を出たとなると、常石家の恥になると思ったんだよ、きっと。だから、むしろ誰かに襲われたとも見えるように、部屋を荒しておき、書置きも捨ててしまったのよ」

「でも、それが、和也君を死に追いやったのよ」

「後になってからは言い出せなかったんだろうよ。気の毒にね。ずっと気にしていたんだと思うよ」

文江は少し間を置いて、

「それは、うめから聞いたの？」

「いいえ、私の想像よ。でも、ずっとうめのことは見てるからね。——たぶん間違いないでしょ」

文江は、母の言葉が正しいだろう、と思った。——草永が言い出した。

「ねえ、一つ分らないのは、あの幽霊なんだ。例の坂東の家に出た奴さ」

「ああ、あれね」

と、文江は肯いて、「あれは私も分らないの。どうなってるのかしら？　まさか金子さんの幽霊が本当に……」

「その幽霊なら」

と公江は言った。「ここにいるよ」

「お母さんが？」

文江は目を丸くした。

「金子さんにね、相談を受けてたんだよ」

と公江は言った。「はっきり言わなかったけど、悪い金に手をつけた。それを返したい、と言ってね。——あそこへ埋めたのも知ってたの。だから、亡くなったとき、何とか金子さんの気持を尊重してあげたくてね。それであんなことをしたのよ」

「人騒がせね、お母さんも」

と文江は苦笑いした。

「気が若い、って言っとくれ」

と公江は言った。「ああ、お腹が空いた。うめに食事を運ばせようかね、ここまで」

22　エピローグ

「じゃ、うめ、後はよろしくね」

と、玄関へ降りて、文江は言った。

「お世話になりました」

と草永が礼を言う。

「いいえ」

うめがどっしりと座って、「ずっとここにいらっしゃればいいのに」

「ともかく、東京で式を挙げなきゃいけないのよ」

「今さらですか」

とうめが言った。

――荷物を手に表に出ると、

「あら、室田さん」

と文江が言った。

車が停っていて、室田が立っていた。

「駅まで送りますよ」

「まあ、すみません」

二人が乗り込むと、室田は車を村の方へと走らせた。

「――マスコミは割と静かですね」

と草永が言った。

「何しろ昔の事件だし、それにここは田舎ですからね」

「みんなすぐに忘れて行くわ」

と文江は言った。

「村の人たちは別でしょうがね」

と、室田は言った。「——あなた方には、ずいぶん、お世話になりました。お礼を言いますよ」

「とんでもありませんわ」

と文江は言った。

村が見えて来た。

「——室田さん」

「何です？」

「村の入り口で停めて下さい」

「どうするんですか？」

「歩いて駅まで行きます」

「しかし、それは——」

「お願いします。先に駅へ行って、待っていて下さい」

「——分りました」

車はゆっくりと停った。

文江は、外へ出ると、続いて降りようとした草永を止めた。

「一人で行くわ」

「でもそれは——」

「お願い。ここは私の故郷なのよ」

草永は、ちょっと笑って、

「好きにするさ」

と肯いた。

文江は、車が走り去ると、ゆっくりと村の通りを歩いて行った。

——通りに出ていた人たちが、文江を見ると、急いで家の中へ入ってしまう。子供をかかえて、母親も家へ駆け込む。

戸が閉り、窓がピシリ、ピシリ、と音をたてて閉じた。

そして、わずかに、隙間から覗く目は、敵意と、冷たい無関心を感じさせた。

もう、ここは私の村じゃない、と文江は思った。

静かだった。——風が渡って行く。その音さえ聞こえる。

自分の足音だけが、耳についた。

村を通り抜けながら、文江は、七年間の空白を、通り抜けていた。文江の足音は、七年の時を刻む、時計の鼓動だった。

——帰って来た村。しかし、今は、文江はあの大都会へと「帰る」のだ。

文江が帰ろうとした、七年前の故郷は、もう、どこにも残っていなかった……。

「やあ、お嬢さん」

鉄男がいつもの通り、ホームで迎えてくれた。

「——大丈夫だった？」

草永がやって来た。

「ええ。――室田さんは？」

「用があるからって……。君によろしくって言ってたよ」

「そう」

文江は、ホームの中央に出て、息をついた。

――よく晴れていた。

「列車が来ますよ」

と、鉄男が言った。

レールを鳴らして、列車がやって来る。

「鉄男君、元気でね」

と文江は言った。

「どうも。お嬢さんも、また来て下さい」

「そうね」

文江は微笑んだ。

列車が停って、草永が、スーツケースを運び込む。

窓際に座ると、列車が一揺れして、動き出す。

がら空きの車内を見回して、この線も、いつまであるかしら、と文江は思った。

「おい！」

と草永が言った。

「え？」

「見ろよ」

窓から顔を出して、文江は思いがけないものを見た。

赤ん坊を抱いた百代が、ホームの外に立って、こっちへ手を振っているのだ。

文江は身を乗り出すようにして手を振った。

「百代！　元気でね！」

と叫んだ。

向うも叫び返したが、もう聞こえなかった。

ゆっくりと座席に戻ったとき、草永の微笑に出会った。文江も微笑み返した。

列車がスピードを上げた。といっても、大した速度ではなかったが。

解説

新井素子（作家）

七年前。その地方の名家のひとり娘である十代の文江は、家出をした。何故なら、この家でこのまま時間を過ごしてしまえば、間違いなく家の存続の為だけに、自分は、まだ会ったこともない男を婿養子に迎えなければならない、そんな未来が見えていたから。そんな空気が身に沁みていたから。

だから、これは、文江にとっては〝家出〟ではない。これは、ひとえに、自分の人生を生きる為の行為だったのだ。

そして、七年たって。東京で何とか生計をたてて、それのみならず、仕事上でも成功した文江は、村に帰ってくる。〝お嬢様〟ではない、ひとりの人間、文江として、自分は生きてくることができたのだ、そして、これからも生きてゆく、それを証明する為に。だから。

このお話のオープニング、文江が駅にやってくるシーンは、とってもかっこいい。本当に文江は颯爽としている。

だが。このかっこよさは、あっという間に暗転する。

というのは。文江が家を出た時。お嬢様の失踪のせいで、村では大捜索が行われ……文江が通ったと思われる川で、包丁や血塗(ちまみ)れの手拭いを洗っていた男がいたから。

文江が行方不明になった後、この事実が判明し、この男は、文江を殺害したのではないかという疑いを抱かれてしまう。勿論、文江は生きているのだから、それは間違いだし、証拠は何ひとつない訳だから、男は釈放されたのだけれど。でも、人殺しの疑いだけは、残っている。そして……結果として、この男、自殺した……。

七年たって。帰ってきて。この事実を知ってしまったら。

あんなにかっこよかった文江は、もう、旧弊な村に凱旋(がいせん)した女ではなくなってしまう。ひと、ひとり、無実の罪で自殺させた女だ。

ただ。文江にも、言い分がある。

だって文江は、ちゃんと部屋を整理して、家出するという旨の書き置きを残して、それで家出したのだ。それがあったら、〝謎の失踪〟になんかなっていない筈だ。けれど、どうやらそれは、握りつぶされているらしい。

なら、書き置きを握りつぶしたのは誰？　そもそも、自殺した男は、何だって包丁や血塗れの手拭いを洗っていたの？

文江は、思う。

この事実を……絶対にはっきりさせたい。その為に彼女は仕事を休み、この問題に対処しようとする。

と、まあ、こんなところから、この『過去から来た女』は、始まる。

そして、この後は。

まあ、展開が、早い早い。

読んでいて驚くのは、これだろう。

文江の事情が読者に判ったらただちに起こる、次の事件。文江を脅す〝何者か〟が現れたり、自殺した男の父親が殺されたり。

ぱたぱた、ぱたぱた、あまりにも展開が早くて、読者は、事件の進行を追ってゆくしかない。

実は、この展開で、文江に感情移入をしている読者は、ある意味、救われるのだ。

だって、文江が陥った事態って……常識的に考えると、すっごく、辛くない？

家出した後で、七年もたって……自分としては〝凱旋〟した気分満載なのに、そこで、〝あなたのせいで死んでしまったひとがいる〟って言われるのは……これは多分、とても辛い。

うん。

どう考えても文江には悪いところはない。けれど、自殺したひとの遺族にしてみたら……これは、文江のせいなのだ。

いや。

文江にも判っている。そして、読者にだって判っている。この、自殺事件。ほんとに悪いのは……〝村のひと〟……〝村の気分〟、なんだ。

いや、〝村のひと〟が悪い訳じゃないな、誰も何もしていない。

誰も、この男が犯人だって責めてはいない。誰も、それを断罪してはいない。けど……気分、というものが、断罪をしている。そして、そのことを、誰もが判っているんだけれど……誰もが、それについて言及しない。うん、だって、〝気分〟は、言及も、反省も、断罪も、できないものなのだ。

この、苦さが。

あまりの展開の早さ故に、ずいぶんうすまってくれている。

『過去から来た女』。

このタイトルは、素晴らしいと思う。

文江は、ほんとに、〝過去から来た女〟なんだ。

もう、みんなが忘れてしまった、終わってしまったと思っていた、なくなった筈の、そんな過去から。

女が来る。

その結果、いろんな事実が新たに明らかになり（一番肝心なのは、文江が殺されていないっていう事実ね）……村のひとは、それまで忘れていた、ないしは忘れていようとしていた、過去の気分をつきつけられる。そのまま、時間が積み重なってゆけば、誰もがみんな、時間によって忘れることができた筈のことを、過去から女が来てしまったせいで、いきなり、現在に過去が混じってしまう。

これが、村のひとにとって、どんなに大変なことであるのか。どんなに……あって欲しくないことであるのか。

また。このお話は、1983年に出たのだ。これがまた……凄い、よ、ね。

だって、1983年！　四十年前、だよ。

素直にこのお話を読んで、これを四十年前のお話だって思える読者は、一体どのくらいいるんだろうか。そのくらい……読んでいて、違和感がない。（まあ、誰も携帯電話に類するものを持っていないなっていう処くらい。）

うん。人間って……多分、本質的な処では、四十年くらいでは、変化しないんじゃないかと思われる。社会環境や技術環境なんかは、四十年どころじゃないや、ほんの数年たつだけで、もの凄く変わってしまうんだけれど……本質的な処では、多分、ずっと、変わっていない。

赤川次郎作品がほんとに凄いと思うのは。

この、〝変わらなさ〟にあるんじゃないかと思う。

赤川次郎は。

とても本質的なことを書いているから。いや、むしろ、本質しか書いていないから。

本質以外のことを削ぎ落とすような書き方をしているから。

だから、いつまでたっても古びない。これは、本当に凄いことなんだろう。

本書は、一九八三年九月に双葉社より『田園殺人事件』として刊行された後、一九八七年一月に小社より改題して刊行された角川文庫を改版したものです。

過去から来た女

赤川次郎

昭和62年 1月25日 初版発行
令和4年 12月25日 改版初版発行
令和6年 12月10日 改版6版発行

発行者●山下直久

発行●株式会社KADOKAWA
〒102-8177 東京都千代田区富士見2-13-3
電話 0570-002-301(ナビダイヤル)

角川文庫 23458

印刷所●株式会社KADOKAWA
製本所●株式会社KADOKAWA

表紙画●和田三造

●お問い合わせ
https://www.kadokawa.co.jp/ (「お問い合わせ」へお進みください)
※内容によっては、お答えできない場合があります。
※サポートは日本国内のみとさせていただきます。
※Japanese text only

ISBN 978-4-04-112737-7 C0193

◆◇◇

角川文庫発刊に際して

角川源義

第二次世界大戦の敗北は、軍事力の敗北であった以上に、私たちの若い文化力の敗退であった。私たちの文化が戦争に対して如何に無力であり、単なるあだ花に過ぎなかったかを、私たちは身を以て体験し痛感した。西洋近代文化の摂取にとって、明治以後八十年の歳月は決して短かすぎたとは言えない。にもかかわらず、近代文化の伝統を確立し、自由な批判と柔軟な良識に富む文化層として自らを形成することに私たちは失敗して来た。そしてこれは、各層への文化の普及滲透を任務とする出版人の責任でもあった。

一九四五年以来、私たちは再び振出しに戻り、第一歩から踏み出すことを余儀なくされた。これは大きな不幸ではあるが、反面、これまでの混沌・未熟・歪曲の中にあった我が国の文化に秩序と確たる基礎を齎らすためには絶好の機会でもある。角川書店は、このような祖国の文化的危機にあたり、微力をも顧みず再建の礎石たるべき抱負と決意とをもって出発したが、ここに創立以来の念願を果すべく角川文庫を発刊する。これまで刊行されたあらゆる全集叢書文庫類の長所と短所とを検討し、古今東西の不朽の典籍を、良心的編集のもとに、廉価に、そして書架にふさわしい美本として、多くのひとびとに提供しようとする。しかし私たちは徒らに百科全書的な知識のジレッタントを作ることを目的とせず、あくまで祖国の文化に秩序と再建への道を示し、この文庫を角川書店の栄ある事業として、今後永久に継続発展せしめ、学芸と教養との殿堂として大成せんことを期したい。多くの読書子の愛情ある忠言と支持とによって、この希望と抱負とを完遂せしめられんことを願う。

一九四九年五月三日

過去から来た女

赤川次郎

角川文庫
23458